春去春又回

楊佩佩的戲劇人生

林美瑤◎著

目次

第一章 從零開始的電視製作生涯

第二章 慧眼識星星

第三章 幕後精采組合

第四章 獨當一面的製作人

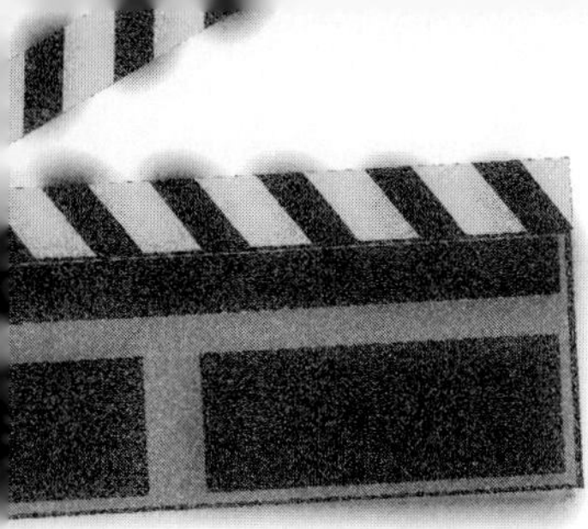

人生如戲，

楊佩佩悠悠走過的半世紀，

直如一齣精采絕倫的好戲。

第一章，從零開始的電視製作生涯。

春去春又回

◎楊佩佩的戲劇人生

人生如戲，楊佩佩悠悠走過的半世紀，更如一齣精采絕倫的好戲。這齣真實的戲，高潮迭起，戲劇張力之強，不輸給她製作過的任何劇碼。套一句八點檔連續劇慣用的術語，那是一齣灑足了狗血的戲。坎坷的童年、悲歡離合的感情路、有如坐雲霄飛車的人生際遇；戰戰兢兢摸索進戲劇圈後，在那個充斥紅包文化的年代，不會送紅包、沒有背景、更不懂逢迎拍馬的漂亮小寡婦，在異色眼光注視下，只能悶頭自勵做好戲，以謀求生存的空間。

電視圈是個最現實的環境，幕前、幕後皆然。即便你再紅，兩齣戲不行，觀眾就忘了你、電視台也會視你如毒藥。因此，楊佩佩在走紅之後，從不敢恃寵而驕，反而一秉「好，還要更好」的堅持，將自己的精神、金錢，完全投注其中。

就是因為這樣的做事態度，漫漫二十年的製作生涯，楊佩佩或許有過收視不如預期的低潮，但那都是故事題材與客觀因素所造成。在電視圈，大家雖然會用高標準來看待她的戲，但沒有人批評過她的戲劇品質，更毋庸置疑她的製作誠意。

很多人稱讚楊佩佩的戲精緻，誇她敢於洽邀大牌的演職員來幫襯。然而精緻與大牌，其實都是用錢堆出來的。一齣戲廣告滿檔後所能賣得的廣告收益是固定

的，因此，電視台所能給的製作費必然也有限制。沒有人不想賺錢，楊佩佩當然不例外，她之所以將「賺錢」的念頭置之腦後，並不是有什麼偉大的理想，她只是怕輸。她經常說：「談理想，那實在太高調，我只是好面子罷了！」

路，是人走出來的。楊佩佩這條路走得艱辛，但也走得精采。從早年朋友眼中的小花瓶，晉身為當今華人戲劇圈的女強人，楊佩佩的故事告訴大家，只要有夢，只要能堅持奮鬥，小卒也能變英雄。

楊佩佩做戲總是不惜成本洽邀大牌演職員來幫襯。圖為《女巡按》劇照，左：陳道明，右：孫翠鳳。

從演戲到做戲

楊佩佩二十一歲結婚、生子，二十三歲就當了寡婦。雖然老公留下了一間日式房子，但他死後，票子滿天飛，房子也遭到法院查封。她跟朋友借了錢，待房子拍賣時，把它標了回來。可是，文君新寡的楊佩佩，並無一技之長，頓失依靠

年輕時候的楊佩佩其實也很有明星架勢。

還有幼子嗷嗷待哺，茫然面對未來，可真愁煞人也！守寡一年多，眼看坐吃山空，楊佩佩做了她生平的第一份工作——建築工地監工。

在朋友建議下，楊佩佩請人畫建築設計圖、借了建築牌照、請了工地主任，就將自己的日式平房，拆了改建六層大樓。由於臨沂街地點好，她這工地老闆先收了預售屋的款項，煞有其事的天天戴著安全頭盔，到工地監工，當真把大樓給蓋上了。她自己除了保留戶可住，還賺了七、八百萬元。

這筆鉅款，在二十多年前，還真是筆大數目。楊佩佩原可以藉此安穩的過日子，可是，她卻聽信朋友之言，把錢借給人家放高利貸。很快的，她就遭到了倒債的命運。而自己僅有的房子，更因為幫朋友做保，也沒了。要她細數當年到底敗掉多少錢？她很阿Q地說：「不好的事情，我從來不留在腦海，就像翻書一樣，一翻就過去。」

錢沒了，母子倆的生活該怎麼辦？她總得謀生路呀！

有回，聯合報記者黃北朗開花店，楊佩佩與好友翟瑞靂前去道賀，碰到知名影人劉維斌與秦祥林。這兩個大男人對楊佩佩驚為天人，極力遊說她去拍電影。怕生的楊佩佩雖然畏怯在人前演戲，但後來在劉維斌以及屠忠訓導演的太太積極

洽邀下，還是壯起膽子，在屠忠訓的電影中出任女配角。只是，戲拍一個星期，因為女主角胡慧中的合約出問題，戲也沒了。

楊佩佩說，其實她年輕時就碰過很多星探，力邀她去拍片，但她都不敢。這時之所以答應，生活壓力之外，更覺得自己二十七、八歲了，青春將逝，想抓住青春的尾巴。後來，劉維斌又找她參加一部電影演出，說明飾演一個模特兒，是鍾鎮濤的女友，可是，當她到了現場，才知道這個角色是人家的外遇。她因為排斥而不想演，但整個劇組都等在那兒，她不能耽誤別人，所以勉強拍了當天的戲，之後她就不再去了。每想到此，楊佩佩就發窘，她說：「僅僅一次這樣的演出，因為電影台經常重播，我好多朋友居然都看到過，真是害臊呀！」楊佩佩的明星生涯，就這麼輕描淡寫的結束了。

有一次，好友夏玲玲車禍傷了腿，楊佩佩去探視。就在夏玲玲家，她碰到了前去請夏玲玲演電視劇的當時台視節目部經理李聖文。李聖文和楊佩佩的老公淵源極深，以流亡學生身分來台的李聖文，受到楊佩佩老公很多照顧。因此，當李聖文邀約夏玲玲演戲，夏玲玲回說：「楊佩佩製作，我就演！」李聖文當下同意這樣的組合。

夏玲玲那時在電影圈正紅，個性相當義氣的她，會抬出楊佩佩，是想幫助楊佩佩。而李聖文的目的是夏玲玲，只要夏玲玲肯演，管他製作人有沒有經驗，反正是內製節目，只要台視盯緊一點就可以了。楊佩佩面對這突如其來的新工作，感到很不可思議，一再問夏玲玲以及李聖文，這個議案真的嗎？可行嗎？在獲得肯定的答案後，立刻熱絡的去找司馬襄寫劇本。

楊佩佩之所以找司馬襄，是因為她當時常跟翟瑞瀝在一起，翟瑞瀝是當時叫好又叫座的家庭喜劇《家有嬌妻》的製作人，而《家有嬌妻》是司馬襄編劇，楊佩佩常跟翟瑞瀝去司馬襄家，所以司馬襄是她唯一認識的編劇，而且還是當紅的編劇。

楊佩佩花錢付了編劇費，節目也到了排攝影棚準備開拍的地步。這時，夏玲玲卻表示無法演出。楊佩佩不清楚夏玲玲是因為電影忙，還是對自己的製作經驗擔心，不過，她明白自己完全沒有經驗，要讓當紅的夏玲玲「冒險」拍她製作的戲，是有些問題。楊佩佩不知道李聖文之所以會答應讓她當製作人，大前提乃在於夏玲玲的演出，因此，她仍與司馬襄認真洽詢新的女主角，但是，台視根本不同意任何替代人選。

夏玲玲的一句話讓楊佩佩一腳踏進電視製作圈。
（攝影／林美瑶）

台視企畫師曾戰生看楊佩佩白忙，忍不住幫忙找出路，問她要不要做社教節目。於是，楊佩佩又往社教節目上下功夫，花錢找人寫企畫案，但是案子都沒有通過。這漂亮的小寡婦，在台視進進出出好一段時間，錢花了不少、時間耗費更多，卻仍一事無成。

有天，她在台視附近碰到新聞界前輩陳啟家，聊及近況後，陳啟家看她對電視工作有興趣，於是介紹她去邱復生的「大世紀公司」（「年代」的前身）上班，學習製作工作。楊佩佩還記得，當時一個月的薪水是八千塊錢，而她家裡請傭人帶小孩，月薪要一萬元。但不管怎樣，她總算有了正規的起步。還記得那時候「大世紀」製作《艷陽下》綜藝節目，一個星期要到海邊出三天外景，把她曬得像個黑炭似的，但她一點也不以為苦。

一炮而紅的契機

後來，中視「金獎劇場」對外徵稿，她和蘇月禾導演聯手送了一個案子，獲得選用，於是請龍君兒與沈孟生演出，成績還不錯。之後，「金獎劇場」由「春穗傳播公司」承包，交由李美彌製作，楊佩佩也就無法參與。不過，沒多久「春穗」就與李美彌鬧得不愉快，於是轉邀楊佩佩擔任製作人，她也就去了「春穗」上班。

「金獎劇場」的製作費很低，而且得像電影作業一樣，全部採外景單機拍攝。當時與楊佩佩合作的蘇月禾、董今狐、宋存壽等導演，更拿這每週以四天外景拍攝完成的單元劇，當電影一樣精雕細琢。楊佩佩說，還好她的執行製作很厲害，總能以一張三吋不爛之舌，遊說導演看上的場景主人，免費借景給他們拍戲。饒是如此，那一點製作費對拍戲而言，還是經常讓她捉襟見肘。拍戲期間，楊佩佩每天大清早就出門，晚上收工後，還要進剪接室盯剪接。苦雖苦，但卻讓她學習到很多製作這一門的學問。

廣告淡季中，楊佩佩力主以陳家昱的單元連續喜劇《一加一不等於二》，用最省錢的棚內三機作業來錄製。這個案子因為曾經受拒於華視，所以「春穗」並不具信心。但楊佩佩力爭，她先邀得當紅的寇世勳跨刀出任男主角，再找到正因失意而價錢合理的潘迎紫當女主角，先利用農曆春節的特別節目試做一集，效果不錯，就這麼小兵立大功地一做半年，一炮而紅。

楊佩佩和陳家昱（左）合作的《一加一不等於二》小兵立大功。

當時，楊佩佩製作的《一加一不等於二》，和劉立立導演的《挑夫》，是中視兩個當紅的單元劇。台視總經理石永貴於是力邀楊佩佩與劉立立轉台，為台視拍攝八點檔連續劇《笑傲江湖》，此舉等於殺掉中視兩個當紅節目。籌拍《笑傲江湖》的同時，楊佩佩也表明想做《倚天屠龍記》，因此由台視出版權費買下這兩齣戲的版權，只是，楊佩佩畢竟是新秀，台視不想把兩齣大戲都交在她手上，因此請來陳明華拍攝《倚天屠龍記》。這點讓楊佩佩相當不服氣，因此在多年後重拍此劇。

慈禧與武則天的故事，楊佩佩也相當有興趣，因此拍完《笑傲江湖》後，請人寫了故事大綱，並且送審新聞局通過。沒想到，台視不同意拍這樣的題材，這兩個故事大綱，只能束之高閣。隔年，中視請潘迎紫拍《一代女皇武則天》大紅，台視於是叫楊佩佩把慈禧的案子拿出來，雖然由她掛名製作，實際上當時她忙於拍攝《火鳳凰》，所以台視用內製的方式請胡茵夢主演《慈禧外傳》，楊佩佩根本無從參與。至今，楊佩佩還是對自己與這兩位歷史名女人擦身而過，感到相當可惜。

與台視愛恨交織的合作關係

楊佩佩從一九八四年跳槽台視後，長達十三、四年的時間，都為台視效力。一開始的《笑傲江湖》、《楓葉盟》、《火鳳凰》等，就明顯展現她的製作風格與氣勢，一九八七年的《還君明珠》後，更是部部佳作。舉凡《八月桂花香》、《春去春又回》、《末代兒女情》、《碧海情天》等等，至今讓觀眾印象深刻。

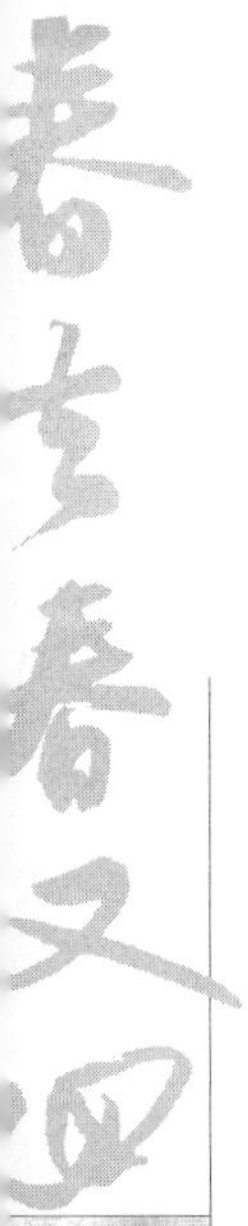

楊佩佩與劉松仁在台視合作了許多部好戲。

《碧海情天》籌拍前，華視對這位氣勢旺盛的製作人頻送秋波，派出與楊佩佩私交不錯的戲劇組長斯志耕出面挖角。一向怕生的楊佩佩，其實沒有多大意願換環境，不過，當時台視節目部相關主管，對這位不會「做人」的製作人，並不是那麼重視。楊佩佩基於向台視「撒嬌」的心態，跟節目部的人透露了華視挖角的訊息。

楊佩佩會透露訊息，當然是不想走，偏偏台視當局不聞不問；這種態度，對照華視積極的洽邀，讓楊佩佩相當難堪。最後，騎虎難下的她，只好與斯志耕簽下兩齣戲約，華視並立即將兩齣戲的簽約金六百萬元新台幣，匯進了楊佩佩的帳戶。

楊佩佩賭氣簽約華視，但由於心理建設不夠，因此希望消息暫時不要外洩，等到戲正式開拍後再說。然而，紙包不住火，隔天各報就大幅報導這件跳槽新聞。新聞一出，台視高層大為震怒，認為楊佩佩這個八點檔台柱，怎麼可以走！這一來，節目部相關人員慌了，輪番展開遊說，勸她華視乃軍方單位，門戶之見頗深，她一個生人去了必定受到排擠等等。這一說，讓楊佩佩更加忐忑不安。

台視見楊佩佩意志動搖，立刻打蛇隨棍上，要她簽下新合約，承諾有關她與華視的合約，台視會出面解決，並幫她償還那六百萬元簽約金。在一群老戰友的包圍下，楊佩佩相信台視的誠意，於是與台視再簽下新合約，台視也請律師退還華視的錢，只是，華視不願領回。

楊佩佩與華視簽約又毀約，當然惹惱了華視。只是，當時出面洽談合約的斯志耕，是圈內出了名的老好人，因此所簽的合約，並沒有訂立違約的罰則，也就懲罰不了楊佩佩。盛怒下的華視，以刑事的「詐欺」罪名，一狀告進了法院，而挨告的楊佩佩，認為自己並沒有詐欺的念頭與事實，因此也上法院控告華視「誣告」。

《倚天屠龍記》播出後造成相當大的轟動。

一場跳槽風波轉變至此，楊佩佩對台視相當不滿，於是找上總經理王家驊，質問台視曾保證會解決她的合約問題，何以落得華視來告她。這次抗議，讓楊佩佩與節目部的關係，有如雪上加霜。最後兩個官司都因不成立而不了了之，但楊佩佩對斯志耕一直有深深的歉意，雖然他們的友情未因此而受損，不過，喜歡穿鑿附會的電視人，在斯志耕因病過世時，還忍不住調侃說他是因此事氣死的。

時隔兩、三年，楊佩佩與台視爭端再起。當時，台視與楊佩佩簽下《倚天屠龍記》五十集的製作合約，等到要開拍時，新任節目部主管對這齣戲感到沒把握，所以堅持楊佩佩只能拍三十五集。這個決定讓楊佩佩氣得直跳腳，因為她找演員、工作人員都是簽五十集的約，就連劇本也已寫好五十集，並付足了酬勞，臨時縮減集數，這損失誰負責？於是，楊佩佩請律師發存證信函給台視，要求台視賠償。

楊佩佩來硬的，台視則用人情感化，雙方坐下來協商，最後各退一步，同意拍攝四十集。怎料，這齣邊拍邊播的戲，由於收視率太好，一時間造成相當大的轟動，最後拍了五十六集才告收場。

《倚天屠龍記》拍攝時，還發生一個意外插曲。當時，楊佩佩雖然很喜歡葉

童，但葉童的酬勞實在太貴，楊佩佩沒有足夠的製作經費請她演整齣戲，所以想出一個折衷的方案，只請葉童演出前八集，也就是故事第一代的女主角「殷素素」。因為，照一般連續劇的收視慣例，只要前一、兩個星期站穩了，之後省些錢也一樣能達到效果。於是楊佩佩簽了港星袁潔瑩出任後段主戲的女主角「趙敏」。

可是，戲開拍之後，楊佩佩每天檢視拍攝完成的帶子，對葉童越看越滿意。剛好這時袁潔瑩不想拍戲，提出解約的議案，楊佩佩左思右想，最後忍著荷包大失血，咬牙簽下葉童繼續扮演「趙敏」。正因為葉童的酬勞實在貴得嚇人，楊佩佩

葉童（右）的精湛演出讓楊佩佩甘願荷包失血。

的《倚天屠龍記》，雖然享了名，卻得不到利。還好台視同情她的處境，把該劇的海外版權給了她，她才靠著賣海外版權的收入攤平盈虧。

轉戰民視和中視

一九九七年，台視內部主管的頻頻異動，間接影響雙方合作意願。這時，甫開台的民視亟需好的製作人相挺，楊佩佩在民視力邀下，儘管知道自己的作品與民視台性不符，仍然將《儂本多情》、《江山美人》兩齣戲，轉送民視。這兩齣戲，雖然贏得口碑，但因為戲的調性與民視收視群口味相去甚遠，因此落得叫好不叫座。

提起與台視的首度分手，楊佩佩心裡還是很嘔。因為她長期在台視做戲，所以台視闢有一間製作人辦公室給她辦公，當她決定轉台時，就想到該盡快搬出去，沒想到，她外面的辦公室還沒找到，台視就下令趕人。為台視賣力十幾年，最後得到這種待遇，楊佩佩忍不住抱怨：「台視

《江山美人》在民視播出卻叫好不叫座。

也太小氣了吧！」

而在與民視短暫的接觸中，楊佩佩發現這個新成立的電視台生氣蓬勃，員工每天工作到深夜，總經理陳剛信的專業更讓她信服。於是，她以《儂本多情》製作費中的五百萬元，購買了民視的股票，成了民視股東之一。楊佩佩此舉，對草創時期的民視，有不小的帶動作用。她成為民視股東的消息傳出後，吸引不少資金加入民視。不過，民視股票並沒有上市、上櫃，她的錢也說不上漲或跌，前兩年，她因為需要錢，所以五百萬元的股票，已賣掉了一半。

在民視收視的挫折下，楊佩佩回應台視的呼喚，再為老東家製作《神鵰俠侶》。只是，台視高層要她回來，節目部主管的想法似乎相左。因為，出面接洽的主管開給楊佩佩的製作費，居然是一集六十萬元台幣，大約只有實際製作費用的一半，如何能拍出有看頭的八點檔武

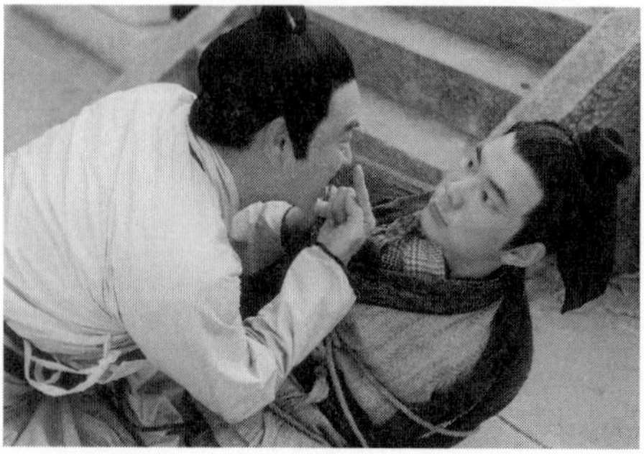
任賢齊主演的《神鵰俠侶》
是楊佩佩重回台視的作品。

俠劇？那不是擺明了不讓她回台視？高層催，節目部主管說是楊佩佩不肯簽約，最後，高層與楊佩佩直接聯繫，雙方溝通了製作誠意，楊佩佩才又回到老東家。

《神鵰俠侶》告捷的收視成績，吸引了中視全力挖角，台視當然也不放人。當時，楊佩佩手上有《花木蘭》、《笑傲江湖》兩個案子，台視看不上《花木蘭》，但堅持要《笑傲江湖》。台視為了搶《笑傲江湖》，價碼開到一集一百三十六萬元，可是，台視的金錢攻勢，最後竟抵不過中視總經理江奉琪的鮮花攻勢。

江奉琪不止頻頻送花，還每天以電話噓寒問暖，這讓講究感覺的楊佩佩，因為被重視而大受感動，於是二度揮別台視，從此轉當中視人。你也許無法相信，江奉琪只以鮮花與電話，就讓楊佩佩這齣戲少拿了一千多萬台幣的製作費，厲害吧！不過，《笑傲江湖》、《花木蘭》等戲的好成績，也讓楊佩佩從此在中視的戲約不斷。

《笑傲江湖》的好成績讓楊佩佩在中視戲約不斷。圖為陳紅飾演的李莫愁。

以過人魄力開創事業版圖

台灣的電視連續劇，在開放大陸取景之初，大批製作人被對岸的雄偉山河、四季分明的自然變化，以及風味獨特的古建築所吸引，紛紛揮師前往取景。而近年來，更因為本地製作環境的每下愈況，迫使許多正規國語劇的拍攝大量遷移到大陸，以各種方式的結合，在兩岸三地間，製作出更精緻、更合適全世界華人觀賞的劇種。

只是，每一齣戲的開拍，從服飾、道具、佈景到工作人員的組合，都是耗時、耗錢的工程，若沒有一個固定基地做儲存、修復與人才培訓，對長期在大陸拍戲的製作人而言，將造成重複性的嚴重浪費。

二〇〇二年三月，楊佩佩就從多年的浪費中覺醒，在上海近郊的葉榭鎮，以十五年的租期，租下一個兩千五百坪大的廢棄戲院，逐步將它整修改建成「萬象影視基地」。這位名震兩岸三地的女製作人笑說，這種規模實在稱不上「基地」，但是，有了這個落腳處之後，她將以一年最少三齣戲的進度，量產各種類型有質

楊佩佩的戲在布景服裝各方面都非常講究。圖為《今生今世》劇照，左：陳紅，右：馬景濤。

感的連續劇。

目前，楊佩佩在片廠周圍蓋了三十多間演員宿舍，能容納近百人，而且規模仍在擴大中。她透露：「原本只想花一、兩百萬元人民幣，整修一個可供長期拍戲的地方，沒想到越弄越大，現在花了近千萬元人民幣，但投資還沒結束。」對於做戲，楊佩佩一直有「大頭病」，戲越拍越大、錢越花手越鬆。雖然她清楚，別人投資一百多萬元台幣拍一集戲，跟她投資兩百多萬元台幣拍一集戲，在大陸限價的策略下，所能賣得的版權費差不多，可她就是縮減不了製作成本。

從一九八三年的《一加一不等於二》至今，前後二十年的光陰，楊佩佩製作了三十幾齣戲，成績斐然。她選擇的題材多元化，有儡

楊佩佩總是不惜成本力求畫面精緻。圖為《花木蘭》劇照。

人心弦、氣勢磅礡的歷史劇，有武打奇幻、俠氣縱橫的武俠劇，有輕鬆活潑、反映現實的時裝劇，也有刻劃人性、繾綣纏綿的愛情劇，無一不開創台灣電視劇的嶄新風貌，並廣獲觀眾好評。拍大戲對楊佩佩而言，是條不歸路，但也正因為這樣的魄力，讓楊佩佩的製作之路，起步雖晚，卻在兼顧品質的商業走向下，發展神速。如今，兩岸三地的影視界人士，一提到「楊佩佩」三個字，總忍不住豎起大拇指，讚聲：「是個人物！」

當無線電視台還只有台視、中視、華視的老三台時期，有很長一段時間，台視的楊佩佩、中視的周遊及華視的瓊瑤，是鼎足而立、各具魅力的三位女製作人。

第二章，慧眼識星星。

當無線電視台還只有台視、中視、華視的老三台時期，有很長一段時間，台視的楊佩佩、中視的周遊及華視的瓊瑤，是鼎足而立、各具魅力的三位女製作人。能跟瓊瑤、周遊兩位前輩相提並論、各據山頭，戲劇淵源遠不如她們的楊佩佩，憑藉的正是她的慧眼；她識才、敢砸錢用人才，氣度與膽識都勝過許多男人。

楊佩佩初學製作戲劇時，因為工作忙碌，於是把九歲大的兒子送去美國念書，而她每半年總會設法去陪兒子兩個星期。在美國無所是事的伴子讀書期間，她租看大量港劇，也因此，楊佩佩的作品中，總有濃濃的「港味」。

透過楊佩佩獨特的選角眼光，許多在香港已過氣的藝人，又從台灣翻紅回去。楊佩佩當然也捧過本土藝人，只是因為她引進的港星太過閃亮，因此，楊佩佩與「港星再造」，幾乎畫上等號。

▼楊佩佩的連續劇讓許多港星再度翻紅。
圖為《末代皇孫》中的周海媚、黃日華。

潘迎紫

「娃娃」潘迎紫和陳鴻烈離婚之後，從香港來台灣拍電影。每天借酒澆愁的她，雖然極欲藉由工作轉換心情，但在台北住了一年多，仍沒有多大發展。潘迎紫落寞地回到香港後，意外接到楊佩佩一通邀約演出的電話，就是這通電話，從此改變她的命運，創造了她輝煌的演藝事業。

楊佩佩那時還未創業，只是在「春穗傳播」打工當製作人。她和編劇陳家昱積極在中視籌拍喜劇《一加一不等於二》，受限於製作費太低，請不起當紅的張俐敏，因此轉洽擁有一雙靈活大眼睛的潘迎紫。楊佩佩坦承：「其實我不是有意提拔她，而是大家的運氣。那時候張俐敏正紅，又貴、意見又多，而潘迎紫處於失意中，配合度很高；我需要價錢合適的主角，所以在董今狐的推薦下，請潘迎紫來台演出。」

當時，潘迎紫對自己沙啞的嗓音相當沒自信，堅持要配音，但楊佩佩那一丁點兒製作費，壓根兒撥不出配音的錢。所以她鼓勵潘迎紫，喜劇最重要的是臨場感，配音的效果不好。後來事實證明，潘迎紫的「破」嗓子觀眾是可以接受的。

《一加一不等於二》讓楊佩佩打響了知名度，也讓潘迎紫在台灣另創演藝事業高峰。右：寇世勳。
（圖片提供／中國電視公司）

潘迎紫本人對這齣改寫演藝生涯的作品也記憶深刻。戲雖然接了，但情緒卻隨錄影日期的逼近而緊繃，因為在那之前，她從沒拍過電視劇，一想到自己國語不好、聲音不好，還要背厚厚的劇本，若非實在需要轉換環境，她真的不敢跨海而來。尤其進棚前她聽說導播鍾世驊很兇，嚇得她正式開拍後，每次聽到鍾世驊喊「開麥拉」就頻頻出狀況，然後自己喊「卡」重來。幾次以後，鍾世驊忍不住氣得打開麥克風對攝影棚內的潘迎紫大吼：「『卡』是導播說的，不是你來喊！」

潘迎紫強忍心中不安，努力投入，她形容那時的自己是：「既便宜、又乖、又好用！」有多便宜呢？她一集戲的酬勞是一萬五千元。不過，沒幾年的功夫，她的酬勞就翻漲十倍，有好長一段時間，她高居台灣電視演員酬勞之冠，還連續兩年獲頒納稅第一的獎狀呢！

《一加一不等於二》的成功，讓楊佩佩、陳家昱、

潘迎紫三個女人，一夕之間打響了知名度。只是，走紅後楊佩佩到台視另創江山，與留在中視的潘迎紫，從此沒再合作過。

劉雪華

很多人不知道，出生大陸、成長於香港的劉雪華，最早是應楊佩佩的邀約來台拍戲，而且一跨上台灣這片土地，就在這落地生根，從此成了「台星」，更成了「台灣媳婦」。

楊佩佩在台視製作的第一齣連續劇是《笑傲江湖》。當中，「令狐沖」的角色由粗獷的港星梁家仁飾演，小師妹「岳靈珊」由電影小旦應采靈出任，女主角「任盈盈」則相中了在香港以《少女慈禧》走紅的劉雪華，因此力邀劉雪華來台。

劉雪華後來因為瓊瑤的系列劇作在兩岸三地間大紅，觀眾只知道她演技精湛，淚水如水龍頭般收放自如，是個出色的苦旦，卻很難想像，她原本是以武俠劇打開台灣市場的。事實上，早在香港「邵氏電影公司」時期，劉雪華拍的就多

劉雪華（右）因《笑傲江湖》中的俠女角色進入台灣戲劇圈，成為兩岸三地最有觀眾緣的苦旦之一。左：應采靈。
（圖片提供／台視文化公司）

是武俠片，因此來台演出《笑傲江湖》也很駕輕就熟。後來，楊佩佩更看中劉雪華私下的調皮喜趣，在單元劇集《電燈泡》中，讓劉雪華與香港喜劇明星夏雨互飆喜感。

那時的《笑傲江湖》是由劉立立導演，她和劉雪華合作愉快，所以在瓊瑤由大銀幕轉跨電視，找她執導電視劇《幾度夕陽紅》時，便將劉雪華推薦給瓊瑤；當時，瓊瑤還因為劉雪華的俠女身分，有些擔心她能否勝任自己筆下的多情人物呢！結果，因為與瓊瑤攜手的成績太出色，楊佩佩與劉雪華的合作也就暫告結束。

一九九五年秋天，劉雪華經歷一場錐心的情變，隻身在台的她，害怕父母擔心，所以保密到家，苦熬到隔年初情變才曝光。因為傷痛太深，將近一年的時間，劉雪華獨自療傷，卻越療越消瘦。那年我的生日聚會，邀了幾位好友同樂，劉雪華與十多年沒合作的楊佩佩因此重逢。劉雪華有個怪癖，只要酒精下肚，不管高興還是傷心，總會難以自抑地哭泣。那天晚餐上，她被鄰座的楊佩佩關切到

▼劉雪華的演技和敬業精神讓楊佩佩確信自己沒選錯角。

情變時，便控制不了淚水，轉到KTV後更是哭到不行，最後，楊佩佩送她回家，她繼續哭，哭到天濛濛亮楊佩佩離去時，她的雙眼已像核桃一般腫脹。

那時，楊佩佩正籌拍《儂本多情》，戲裡有個過氣女明星的重要角色，她原定夏文汐，不過，在碰過劉雪華後，她打電話給我：「我想請劉雪華演這個角色，她現在需要轉換心情。雖然她現在的樣子好憔悴，但她是我找來台灣的，我必須幫幫她！」我聽了很受感動：「哇！太棒了！楊佩佩！妳這樣做真是有情有義，我對你另眼相看！」因為我知道她曾跟夏文汐簽三部戲約，但只拍了《新龍門客棧》，合約不消化的話，訂金等於白付了。

這事就這樣定了！一年多沒拍戲的劉雪華，也積極準備去大陸的行頭。但是，就在劉雪華興沖沖地準備進大陸拍戲前，回香港與父母歡聚幾天時，楊佩佩的一通電話，造成我們交往二十年來唯一的一次衝突。

「我覺得這個角色不能由她演！她定過裝的照片，太憔悴了！實在不好看！」

「那你為什麼不早講？她現在滿心等待出

發，臨時不要她，對她的傷害豈不是更大？」

「我是因為你才請她的，你現在這樣說我？」

「我什麼時候要你用她？」

「我就是因為你，你現在卻用這種態度對我！」

在電話中，楊佩佩拔高嗓門喊，我卻感到血液直往腦門衝，躺在沙發上，氣得頭昏腦脹。我們不愉快地掛了電話。隔不到十幾分鐘，楊佩佩又打電話來：

「我還是用她好了，她真的好可憐！」

「你不用告訴我！用不用她都不關我的事！」

「就是關你的事！我就是因為你才用她的！」

我們就像小孩一樣，在電話裡為了用劉雪華的關鍵在誰爭得火冒三丈。事後我冷靜思考，就楊佩佩的認知，她以劉雪華換下夏文汐，的確是為了我，因為她跟演員少有私交，且她與劉雪華已經十

▶ 劉雪華反串《笑傲江湖》中的東方不敗十分搶眼。

多年沒有接觸，她認為劉雪華是我的好友，而我是她的好友，所以想幫幫劉雪華。

楊佩佩選角，一向有她獨到的眼光，定角後發現不合適而換角的事，這些年來也屢有所聞。畢竟戲劇是她的終身事業，不容受到情感因素左右，所以，在我們幾次意氣之爭後，她還是決定換角。那天，她約了劉雪華的經紀人何琇瓊，在敦化南路的IR西餐廳碰面談解約。兩個女人碰面後，苦惱地討論著用什麼理由比較不會傷害劉雪華，說著說著，情感豐富的楊佩佩，自己紅了眼眶。最後，她戲劇性地告訴何琇瓊：「簽約吧！通知她出發！」

《儂本多情》戲在天津拍攝，楊佩佩為了讓劉雪華豐潤些，每天買一大堆香蕉，逼劉雪華多進餐飯、多吃香蕉。而劉雪華不只演技佳，敬業精神更足，雖然寒冬裡拍戲，禁不住北國的酷寒給凍出感

冒，一度嚴重到一隻耳朵聽不見聲音，但還是精采地詮釋她的角色。因此，戲拍沒多久，楊佩佩就愉快地從天津打電話給我：「用劉雪華真是用對了，她的演技可以彌補一切。尤其，我現在拚命餵她吃東西，她已經慢慢長些肉了。」

這件事，當事人劉雪華一直被蒙在鼓裡，直到多年後才獲悉原委。劉雪華是個豁達明理的人，她深知自己當時的處境，更能理解楊佩佩當時決策上的煎熬。

就從《儂本多情》開始，楊佩佩與劉雪華又有了密切的交集。像二度拍攝的《笑傲江湖》，她就請劉雪華反串「東方不敗」，而即將在中視播出的《如來神掌》中，女主角朱茵那個情緒轉折相當大的媽，只有劉雪華能詮釋得那麼貼切。

劉松仁

《還君明珠》是楊佩佩獨立製作戲劇，坐穩她八點檔黃金製作人地位的作品，而這齣戲也讓劉松仁叱吒台灣電視圈許多年。

其實，最初的男主角，楊佩佩認定的是台視首席小生劉德凱。只是，她約了

劉德凱在我家，徹夜溝通、輸誠，劉德凱的態度一直是反反覆覆。劉德凱對戲的熱忱無庸置疑，兩人談劇情時，他甚至表示除了男主角，連故事肇端的搶匪也想兼演。從天黑到凌晨，他倆聊得很來勁，只是，劉德凱點頭、搖頭也很頻繁。也許是楊佩佩的製作經驗薄弱，最後，劉德凱還是推辭演出。

為了找男主角，台視還把一些當時的新秀小生如馬景濤、沈孟生、艾偉等，全找來試鏡，但都沒有合適的人選。苦惱中，楊佩佩想起她看過的港劇《京華春夢》中擔任男主角的劉松仁，於是力薦演技精湛的他擔綱演出。楊佩佩說：「當年香港無線電視台的藝人都很紅，也不可能外借，所以只能找亞視的藝人。劉松仁早年曾以《小李飛刀》在無線台紅過，不過那時已轉到亞視，情況不是很好。」

劉松仁（左）不以外型取勝，仍受到許多觀眾支持。圖為《還君明珠》劇照，中：堂娜，右：艾偉。

劉松仁是何許人？當時台視內部無人知曉。楊佩佩抱著《京華春夢》錄影帶奔走節目部，可是自當時的台視總經理石永貴以下，沒有一個主管看好劉松仁，一致以劉松仁「不帥」為理由加以拒絕。楊佩佩極力爭取，並向石永貴打保單：「如果劉松仁不行，我從此不做電視！」終

和常楓（中）等人的合作讓劉松仁十分懷念在台灣拍戲的日子。圖為《末代兒女情》劇照。

於，她贏得初步的勝利。劉松仁對於自己的「不帥」，險些受拒於台視門外，當然有所知悉，不過他說：「我在香港就不是靠外型演戲呀！」

為了節省旅店費用，楊佩佩甚至把家讓給劉松仁住，自己則搬去好友黃薇家裡擠。而戲播出之後，觀眾反應相當熱烈，楊佩佩和劉松仁的事業自此飛黃騰達，也有了接下來多部戲的合作。

在台灣拍戲七年，劉松仁除了星運亨通、財源廣進，重要的是他和李立群、常楓，甚至已故的雷鳴等好演員共事的享受，讓他對台灣拍戲的日子，有著深深的懷念。而對於力薦他來台的楊佩佩，他說：「她對戲的要求很高，態度有些不顧一切，做事相當『敢』。她想到什麼就做什麼，這樣有時難免傷到人，我自己就曾受過傷。」

合作需要靠緣分，兩人七年的共事，已屬難得。劉松仁說他曾被楊佩佩的做事態度傷到，楊佩佩卻說，她初次請劉松仁拍戲的酬勞是一集三萬元，但劉松仁每一齣戲都漲價，七年翻漲五倍：「錢是一回事，但是他對自己的演出太過執著，經常改劇本，與編劇鬧不愉快，讓居間的我相當為難。加上他走紅台灣後，大受香港電影歡迎，他忙碌的電影邀約，讓我們的合作暫時終止。」

不過，劉松仁畢竟是楊佩佩合作過的演員中，最感滿意的，近年楊佩佩在籌拍新戲時，也屢屢跟劉松仁聯繫，希望兩人能夠再續戲緣。

蘇明明

一齣《還君明珠》捧紅劉松仁，也奠定了蘇明明在小螢幕的地位。那時，劉松仁搭配蘇明明，是八點連續劇觀眾最愛的情侶檔。

劉松仁和蘇明明曾是楊佩佩連續劇中最受歡迎的螢幕情侶。左圖：《還君明珠》，右圖：《八月桂花香》。

《還君明珠》的女主角，是個可憐兮兮的傳統中國女性，當時並不好找，楊佩佩從電影卡司裡，想到了蘇明明。只是，在過去「電影演員強過電視演員」的傳統觀念中，要說服蘇明明「降格」演電視劇，並不容易。碰巧，當時的電影正趨式微，給了楊佩佩不少助力。

說服了蘇明明，楊佩佩還得面臨導演群的挑剔。因為，私下不著粧的蘇明明，頗不起眼，讓初見蘇明明的導演很不滿意。但楊佩佩眼光獨到，相信蘇明明正是老天爺賞演藝飯的標準例子；她乍看雖普通，可是上了鏡頭卻秀麗而動人。

蘇明明是在拍完電影《油麻菜籽》後，被《還君明珠》劇本吸引而跨足小螢幕。電視與電影最大的不同，就是得背下一長串的台詞，邊走地位邊說台詞，臉上要記得做表情，眼睛餘光更得偷瞄是哪部機器在拍你，免得演了大半天，攝影機只拍到你的側臉，甚至後腦勺；不像電影，可以一句、一句台詞的串接，更不用管機器角度。

蘇明明是緊張型的演員，第一天拍電視劇，每一場戲演完就抓著人問：「我演得對不對？」可憐的她，每天背台詞背到凌晨兩、三點才敢上床，沉重壓力下，原本就瘦弱的身軀，更加單

薄。而這情況，並未隨著她在小螢幕的廣受歡迎而改善，後來還得了暈眩症，因此蘇明明在拍完台視《七色橋》後淡出螢幕，嫁給導演萬仁，專心相夫教子。

蘇明明從大銀幕轉到小螢幕發展的第一齣作品《還君明珠》就獲肯定，於是楊佩佩趁勝追擊，再拍《八月桂花香》，又是轟動一時。合作期間，由於楊佩佩與蘇明明都習慣獨來獨往，因此兩人並沒有深交，在蘇明明的記憶中，楊佩佩雖然很敢投資，但手頭似乎並不寬裕。走紅電視的蘇明明，被周遊重金挖角去中視，她跟楊佩佩的合作也告結束。

多年後，楊佩佩在推出《新龍門客棧》時，邀請已為人母的蘇明明幫忙造勢，蘇明明二話不說就出席。再見楊佩佩，蘇明明認為過去尖銳的楊佩佩，或許是篤信佛法的緣故，整個人變得溫和許多。

《還君明珠》班底繼續合作《八月桂花香》仍頗受好評。由左至右：米雪、劉松仁、徐樂眉、蘇明明。

夏文汐

一齣《春去春又回》，牽連著楊佩佩一段跨越二十年的戀情，因此造成的話題特別多。而這齣戲的女主角夏文汐，也在走紅台灣後，牽扯出一連串的風波。

夏文汐轉戰台灣，並非失意於香江，相反的，她被楊佩佩看上時，正因電影《唐朝豪放女》而走紅。私底下，夏文汐還真有點豪放女作風，也很愛玩，拍戲時總以逗弄內向的劉松仁為樂；她老說劉松仁的嘴唇很性感，鬧著要親劉松仁，把劉松仁嚇壞了。夏文汐的個性，率性而沒有架子，她總說：「演員只是一種職業，有什麼架子好擺？」至於為何在當紅時刻，從香港來台灣拍電視劇，她答得更乾脆：「我喜歡嘗試新的事物，聽說楊佩佩的戲拍得不錯，所以就來囉！」只是，電視劇的台詞太長，夏文汐直說她念書都沒那麼認真過。

夏文汐因一齣《春去春又回》大紅，立刻被中視挖去拍《塔裡的女人》。不過，敢愛敢恨的她，當時因為和黃冠博正熱戀，連《塔裡的女人》

《春去春又回》叫好又叫座，捧紅了夏文汐，也拿到當年的金鐘獎最佳連續劇獎。右：沈孟生。
（圖片提供／台視文化公司）

劇組到南京出外景，也讓黃冠博陪同前去。大隊人馬初抵大陸，拍攝並不順遂，後來這對戀人乾脆演出「跳塔」事件，拋下大隊外景人員雙雙赴美結婚去。為此中視與夏文汐打上違約官司，而《塔裡的女人》只好換宋岡陵做。

在當紅之際選擇結婚生女，夏文汐從不後悔，她說：「我很奇怪人們為什麼要替我感到惋惜。女人遲早要個家，我只是緣分到了。」她在美國一口氣生了三個女兒，和黃冠博的婚姻雖傳有些風雨，不過她仍堅持自己的選擇無誤。

楊佩佩對夏文汐可說情有獨鍾，《春去春又回》之後，幾乎每齣戲都想找夏文汐。但直到《新龍門客棧》，她們才再續戲緣。多年不見，楊佩佩心中雖然認定夏文汐是戲裡「風騷老闆娘」的唯一人選，可是私下仍擔心當了媽媽的夏文汐會有多少改變。她曾請朋友在美國先跟夏文汐碰面，得知夏文汐美貌依舊，因此相約於香港簽約。

夏文汐是飾演《新龍門客棧》中風騷老闆娘金鑲玉的不二選。

不過，香港的碰面讓楊佩佩心裡有些失望，因為，這時的夏文汐多了媽媽的味道，卻少了豪放女的冶艷。楊佩佩猛要求夏文汐減肥，夏文汐則表示自己生過三個孩子，那種狀況已經相當不錯。情急之下，楊佩佩只好說出重話：「你現在的樣子，當黃太太很好，當夏文汐則不行！」話說重了，兩人有些不愉快。不過，夏文汐畢竟是敬業的演員，很快就讓自己進入最佳狀態。

既然夏文汐有了媽媽的味道，楊佩佩也不再把她設定在年輕角色上。《神鵰俠侶》開拍時，她請來夏文汐演出「黃蓉」，是季芹這「郭芙」的媽。螢幕上，夏文汐演得稱職；螢幕下，女兒雖偶爾到北京做陪，但她不改豪放女作風，收工後仍經常玩得很瘋。拍戲，變成她婚後的重要生活調劑。

張玉嬿

賴聲川、丁乃竺夫婦是楊佩佩多年好友，當年還在藝術學院念書的張玉嬿，就是透過老師賴聲川的介紹，以一齣《末代兒女情》冒出了頭。

張玉嬿第一次演出電視劇就險遭換角。圖為《末代兒女情》劇照，右：藍潔瑛。

當時戲裡需要一個反派的第二女主角，楊佩佩在台視隔壁的「珍蜜」小咖啡館，看到當時還是一雙丹鳳眼、長相極端古典的張玉嬿時，就打定主意要力捧她。楊佩佩說：「我很少那麼積極地要去捧哪個人，唯獨張玉嬿，我還特地打電話去香港告訴編劇陳麗華，把角色寫得雖然刁鑽但卻善良，不能讓她因為演反派戲，才出道就遭觀眾排斥。」

《末代兒女情》由梁凱程搭檔一位香港女導演掌鏡，戲才拍一星期，兩位導演就一起去找楊佩佩，說張玉嬿沒天分，堅持換角。楊佩佩一來因為自己看好張玉嬿，二來怕換角會毀了好友賴聲川的高徒，因此力保。險被換角的往事，張玉嬿事後才聽說。她說：「很感謝楊佩佩當時沒告訴我，我的個性本來就放不開，如果知道，心中更害怕，戲就無法進步。」

張玉嬿連試鏡都沒有，就出任第二女主角，青澀是

張玉嬿的「青蛇」讓觀眾見識到她另一面的演技。

必然；如果當時遭到換角，她信心大受打擊，一定轉行，不敢再涉演藝路。張玉嬿回憶，《末代兒女情》是清裝戲，才踏出校門的她，完全沒有古裝身段，因此鏡頭前走起路來猛晃。還好，導演認真指導，楊佩佩也很有耐心，才能讓她順利通過屬於新人的青澀階段。為此，張玉嬿對楊佩佩一直心存感激，也慶幸自己一進入演藝圈，就能在一個健全的製作環境中工作，完全沒碰到有關演藝圈複雜的一面。

楊佩佩雖然力捧張玉嬿，但也重視角色的合適性。在《末代兒女情》與《碧海情天》之後，由於沒有合適角色，楊佩佩沒再跟張玉嬿合作過。直到張玉嬿走紅鄉土劇之後，楊佩佩籌拍《江山美人》，認為張玉嬿實在是「李鳳姐」的最佳人選，兩人才再度攜手。而稍早的一齣《青蛇與白蛇》，楊佩佩更慧眼獨具的讓張玉嬿演出狐媚的「青蛇」，這是張玉嬿演藝事業的一大突破，她在螢幕上騷浪勾魂、媚態橫流地勾引扮演「法海」的焦恩俊，搔得焦恩俊心旌動搖，私下大聲討饒，直說快ㄍㄧㄥ不下去啦！

葉童

《碧海情天》的女主角，是個喜歡女扮男裝的率性女子。苦苦尋覓中，楊佩佩發現由許冠傑主演的港片《笑傲江湖》，葉童所飾演的「小師妹」，一路都是反串造型，模樣討喜，因此赴港力邀。

這齣戲，楊佩佩原本要跳槽華視製作，但因為台視積極留人，致使楊佩佩與華視打上官司，還是轉回台視製作。葉童當時雖已得過香港電影金像獎，但也許平日不擅做宣傳，因此，楊佩佩向華視主管提及葉童時，居然沒有人知道她是何許人。

在楊佩佩的記憶中，跟葉童洽談合約的過程相當困難，不過拍戲時，她的敬業、她的配合度都沒話說，任何狀況她都能處變不驚。

港星來台拍戲，即便國語說得再好，迫於腔調，播出時都得配音。因此，港星們都樂得以廣東話在拍戲現場與台灣演員「雞同鴨講」地對戲。但葉童一到台北拍攝電視劇，就表示自己在現場將以國語演出。楊佩佩擔心語言的不順暢，會影響葉童的演技，不過葉童更擔心如果說廣東話，配音與嘴型會有對不上的突兀感，因此堅持說國語；這也正是葉童來台短短幾年，就能說得一口流利國語的主因。

楊佩佩一眼就相中葉童飾演《碧海情天》中的率性女子。

從《碧海情天》、《倚天屠龍記》到《俠義見青天》，葉童與楊佩佩碰撞出相

當燦爛的火花；楊佩佩請來的港星，酬勞每齣戲都是翻倍漲，卻沒有人漲得過葉童。楊佩佩回憶：「一開始，葉童不是很有興趣拍電視劇，所以把價錢開得很高。等到戲一炮而紅，大家爭搶時，她的酬勞更是三倍翻漲，一集三十萬元的高價，到最後連我也請不起囉！」

楊佩佩請不起「高貴」的葉童，但與葉童一直維持良好友誼，而葉童也一直很懷念與楊佩佩的合作，多次透露想與楊佩佩再度攜手。不承認自己索價太高的她，甚至表示戲好最重要，若有必要，願意降價演出呢！

馬景濤

楊佩佩拍戲，喜歡用她的固定班底。劉松仁主演過她七檔戲，而馬景濤則是僅次於劉松仁，與楊佩佩合作最多的男主角，他以《春去春又回》、《末代兒女情》嶄露頭角後，先演了幾齣瓊瑤的戲，然後接連主演了楊佩佩的《倚天屠龍記》、《今生今世》、《新龍門客棧》與《儂本多情》。

從《末代兒女情》到《倚天屠龍記》，相隔三、四年的時間，馬景濤轉投瓊瑤麾下，並從反派角色，登上了一線男主角的位置，而他的「激情演法」，也發揮得更淋漓盡致。跟他合作過《雪珂》的張詠詠，回台後就曾抱怨，大冷天的北京，她穿了八件衣服上戲，結果一場馬景濤鞭打她的戲，居然隔著那麼多層厚棉襖，還活生生在她背上抽出一條條紅腫的痕跡。就因為馬景濤演戲太激動，另一場馬景濤在劉雪華、張詠詠房裡，因生氣而掃落桌上刺繡品的戲時，兩個女生堅持必須拿走桌上的剪刀才肯拍，因為害怕在馬景濤失控猛力揮掃下，不長眼睛的剪刀會刺傷她們。

馬景濤在拍完瓊瑤的《梅花三弄》後，楊佩佩認為他夠分量獨當一面，因此請他挑大

即使合作不算愉快，楊佩佩仍因角色合適而一再重用馬景濤。圖為《儂本多情》劇照。

梁，跟葉童主演《倚天屠龍記》。從這齣戲開始，楊佩佩展現她對武俠戲的興致與手筆，在她認真製作下，該劇不只在台灣掀起收視熱潮，更在香港造成轟動。身兼「張翠山」與「張無忌」兩代男主人翁的馬景濤，頓時聲勢大漲，除了兩岸三地，連星馬等東南亞地方，都視他為當紅偶像。

當紅時期的馬景濤，負面新聞不少，在製作人眼中，並不好搞；在《倚天屠龍記》拍攝期間，楊佩佩就與馬景濤鬧僵過。當時景氣旺，工地秀多，馬景濤希望週末能放他去作秀，但是卡著葉童、周海媚等人的檔期，楊佩佩無法答應。結果，有天棚內大批工作人員苦等男主角一個多小時還不見他蹤影，楊佩佩聯絡馬景濤，他答說在路上，楊佩佩質問他怎能

馬景濤是僅次於劉松仁，與楊佩佩合作最多的男主角。圖為《今生今世》劇照，右：周海媚。

遲到，雙方火氣都大，口氣不好，馬景濤於是告訴楊佩佩：「那你放心好了，今天我是不會來了！」「你敢不來！」楊佩佩說完，馬景濤真的掉頭回去了。隨後，經紀人葛士豪打個電話給楊佩佩，說馬景濤生病住院了，不只當天，連隔天也不能開工。馬景濤說住院還真住院，上醫院吊點滴還有媒體拍照為證。

《倚天屠龍記》風光後，馬景濤去中視拍《黃飛鴻與十三姨》，這齣戲是由張晨光、林以真掛帥，馬景濤的經紀人葛士豪是林以真的姐夫，礙於人情而跨刀演出。只是，已經走紅兩岸三地的他，不願意演出製作單位給他設計的反派人物，硬是把反派演成癡情種；沒了反派製造衝突，戲劇張力大失，收視當然挫敗。

當時，楊佩佩籌拍《今生今世》，找馬景濤主演，電視台主管就勸楊佩佩換男主角，說他不行了，但楊佩佩還是看好他。而後，馬景濤與葛士豪鬧合約官司，楊佩佩仍然不顧得罪葛士豪，請馬景濤主演《儂本多情》。

楊佩佩並非對馬景濤情有獨鍾，尤其他們每次合作，都有衝突發生。她之所以一而再，再而三地重用馬景濤，只因為角色合適。楊佩佩與演員素來沒有私交，所以馬景濤問題再多，她認為只要戲劇上表現好，其他私事都不重要；她只對事不對人，對任何人都沒有好惡之分。不過，一再衝突卻又一再合作，楊佩佩

也不禁自問：「非他不可嗎？吵吵合合，我是不是太可笑了？」終於，在《儂本多情》拍攝期間，楊佩佩與馬景濤的組合，正式宣告決裂。

當時，葛士豪與馬景濤打違約官司，葛士豪給各台發存證信函，表示官司未了前，各台不能用馬景濤。馬景濤想演《儂本多情》，楊佩佩也認為那角色適合馬景濤，因此，雙方撇開葛士豪，在馬景濤律師那兒，簽下演出合約。楊佩佩當時的作法，不只得罪葛士豪，對戲的製播也是一著險棋，因為馬景濤官司纏身，拍好的戲隨時有可能遭假扣押而無法播出。過去都與電視台簽好製播合約才開拍戲的楊佩佩，第一次沒有電視台做後盾，便揮師大陸拍攝；大膽的楊佩佩只想著，等戲拍好時，馬景濤的官司應該也結束了，那就先拍再說吧！

戲拍不到一半，有天，楊佩佩收到馬景濤的律師函，說她未依合約付款，函中聲明幾天內付款，否則馬景濤將走人。楊佩佩一看，認為可能自己公司有失誤，趕快打電話回公司詢問，但會計十分疑惑，說並沒有接到馬景濤方面的請款動作，並不是不給。楊佩佩和馬景濤的合約，定有分期支付酬勞的條款，除了明定簽約、開拍的付款期，每拍完十集或二十集也要付款。只是，戲不是照順序由第一集第一場往下拍，而是採取跳拍的方式，因此，究竟拍完幾集的量，需要經

楊佩佩的武俠劇格局讓馬景濤拍起來十分過癮。
圖為《新龍門客棧》劇照，右：夏文汐。

過雙方認定。楊佩佩於是打電話給馬景濤：

「我們是不是有誤會？」

「有什麼誤會，作為一個演員，不應該要他的酬勞嗎？」

「可是你沒有來請款呀！」

「我現在就在跟你請款啦！」

由於馬景濤的口氣很硬，楊佩佩也來氣，馬景濤乾脆掛了楊佩佩電話，並且關機不再理她。當時，葛士豪向法院申請假扣押馬景濤的酬勞，楊佩佩於是遵照法院行文，扣下馬景濤一期的酬勞，等待法院判決，這一來，雙方關係更顯緊繃。《儂本多情》拍攝期間，雙方你來我往，許許多多情緒的累積，楊佩佩終於崩潰，火大地聲明：

「如果我再用馬景濤，我就倒著走！」

對楊佩佩，馬景濤倒是懷念特別多；除了製作上的才華，他還稱楊佩佩是最美麗的女製作人。他說：「我還記得那年金鐘獎，她上台領《春去春又回》最佳連續劇獎時，容光煥發，身材婀娜，真是讓人驚艷！」「我真的很喜歡她的戲，風格棒、空間大。她的市場敏銳度很強，我就是演《倚天屠龍記》，一下子衝上去的。她堪稱電視劇一代武俠宗師，她的武俠劇，人文精神全在，有俠味，更有人味。看其他製作人的武俠劇，會覺得太卡通，武俠小說裡描繪的神祕感沒了，但她的戲不然，她讓觀眾保有對俠客的期待。」

對於最後的衝突，馬景濤說，那是官司產生的誤會，如果沒有這件事，他可能還與楊佩佩繼續愉快合作。楊佩佩嚷出：「再用馬景濤，我就倒著走」後，五年了，果然各走各的陽關道。談到此，馬景濤笑著對我說：「你跟楊製作講，再用我，我來倒著走好了，我跟她磕三個頭！我真的期盼她能諒解我當時在官司壓力下的反應。」

▼劉嘉玲

從開始構想拍攝《儂本多情》，楊佩佩就鎖定劉嘉玲主演劇中那個美貌如花，卻因出身卑微被丈夫拋棄，而後在十里洋場的大上海，為復仇力爭上游的弱勢小女子。不過，當時活躍大銀幕的劉嘉玲，對拍電視劇相當排斥，因此，楊佩佩透過劉嘉玲的好友張叔平，足足跟她磨蹭了兩年，才邀得劉大美女的首肯。

好不容易請來劉嘉玲，雙方卻在戲拍三天後，就發生了磨擦。因為，楊佩佩監看每天拍回來的錄影帶，發現劉嘉玲的表演好淡，而電視小螢幕需要的是比較誇張的演法，因此要導演跟劉嘉玲溝通。只是，導演講歸講，劉嘉玲自有她的表演方式，楊佩佩只好親自去找劉嘉玲。

這件事，劉嘉玲至今都耿耿於懷：「我們在上海出了三天外景，她就來找我，說：『耶！劉嘉玲！我現在發現你不會演戲耶！你的表演方式不適合電視劇，演電視劇要讓觀眾看到你的情緒，不能像拍王家衛的電影那樣，表情都淡淡的。』哇！她的態度那麼直接，我好難受，不知道要怎麼去面對。她那樣說，對我真的很傷害，我都演那麼多年戲了，怎麼不會演戲？如果我不會演戲，那她找

劉嘉玲在《儂本多情》中的精采演出讓楊佩佩至今念念不忘。

我幹嘛？我也許久沒有拍電視劇，而電影的演法又比較內斂，所以一時間不知道如何拿捏分寸罷了，怎能說我不會演戲？」

「我一表達了抗議的情緒，她立刻說：『那好！我收回那句話，我不該說你不會演戲！』哇！她的性格直來直往的，真是過癮！」溝通過表演方式後，劉嘉玲的演出，簡直讓楊佩佩讚不絕口。至今，楊佩佩還總說劉嘉玲的演技真棒，《儂本多情》是她最喜歡的一齣戲。

劉嘉玲不只演技好，敬業精神更是沒話說。還記得秋天在上海拍的一場結婚戲，因為楊佩佩嫌那件婚紗不好看，因此重做，隆冬轉到天津時再重新拍過。當時，外面的氣溫是零下六度，而因應劇情需要，演出時還要用消防車製造人造雨。穿著原本就擋不住刺骨寒風的薄紗，劉嘉玲還被雨水淋得渾身溼透，凍得她一身肌膚都成了青紫色，但是，她仍然強忍著顫抖不已的身子，精準地演出令

人動容的劇情，而且沒有半句抱怨的情緒話。

在了解了楊佩佩的個性後，劉嘉玲也開始欣賞起楊佩佩。她說：「我喜歡認真的人，而楊佩佩真的很認真！我很清楚地記得，在上海的日子，她每天盯在現場，劇組轉到天津後，她更是跟我們住在同一家飯店內，時時刻刻督導戲的拍攝。不像我想像中的老闆，只會去買漂亮的名牌衣物，偶爾出現秀一下自己的身分，根本不可能吃苦。哪知道，她居然跟我們同進退，她的成功是有原因的。」

至於天津拍戲的日子，劇組的人幾乎視楊佩佩為「洪水猛獸」，劉嘉玲想起來就笑：「我不是怕她，而是被旁邊的氣氛嚇到。當時我旁邊的朋友、導演都怕她，只要聽到她的腳步聲，就嚇得像遇到貓的老鼠。其實，她又不會吃人，幹嘛怕她？那段拍戲的日子，真的很難忘。我在劇組度過生日、聖誕節、新年，聖誕節那天，我跟楊佩佩請假，她也准了。哇！我們玩得好瘋、好樂！」劉嘉玲嘴上說不怕楊佩佩，但是一見到面還是會緊張。她來台灣拍攝《多桑與紅玫瑰》時，好友張叔平也來幫忙定裝，楊佩佩想藉著張叔平居中緩衝，接近一下劉嘉玲，但劉嘉玲面對楊佩佩，還是無法放輕鬆。劉嘉玲告訴楊佩佩，她拍一輩子的戲，沒有看到哪個老闆會緊張，唯獨她！

任賢齊

任賢齊在演藝圈奮鬥多年，一直沒闖出好成績。他真正躍上一線成為巨星，是因為演了楊佩佩的連續劇《神鵰俠侶》，而他之所以能在《神鵰俠侶》中，扮演男主人翁「楊過」，則是因為我「雞婆」，一再跟楊佩佩推薦的結果。

包括早期台灣的潘迎紫、孟飛，香港的陳玉蓮、劉德華，都成功詮釋過《神鵰俠侶》，給觀眾留下深刻的印象，因此，楊佩佩籌拍這齣戲時，對於飾演人選相當謹慎。原先，她看好吳奇隆在兩岸三地的知名度，奈何他當時的兵役問題未解決；後來她洽談香港的張智霖，不過當時張智霖的經紀人並不是那麼有興趣，因此推說要出唱片；導演賴水清雖提過他們的老班底馬景濤，不過楊佩佩認為「楊過」要從十幾歲演起，馬景濤的年紀大了些。

角色老不定，我從過去華視的《憶難忘》中，想到那個詮釋眷村小子、模樣率真自然的任賢齊，因此打電話向楊佩佩推薦。只是，當時的任賢齊雖然剛唱紅《心太軟》，但歌曲在大陸廣受歡迎，人卻沒有跟著提高知名度，因此，楊佩佩無

法把名字跟人聯想在一起，也就興致不大地耗著。楊佩佩耗著不找，我就三天兩頭問她「接觸了沒？」楊佩佩敷衍我，我乾脆向中國時報跑唱片線的記者趙雅芬詢問任賢齊的經紀人是誰，趙雅芬於是叫經紀人柯上閔跟我聯絡。柯上閔很興奮有此機會，我就催著他主動約楊佩佩。

柯上閔一開始找楊佩佩，總是陰錯陽差地搭不上線，最後因為我居中幫忙，楊佩佩才終於和任賢齊碰上了面，而這一見面，楊佩佩也認為任賢齊的確是扮演「楊過」的合適人選，因此定了案。不過，定案後，有天楊佩佩在電視上看到任賢齊上綜藝節目，因為他當時過敏，臉上坑坑巴巴的，她又忍不住擔心自己的男主角看起來「髒髒的」。為此，楊佩佩再次約任賢齊碰面，還好那時任賢齊過敏已痊癒，所以她也放心地把劇組拉往北京開拍。

楊佩佩常跟任賢齊講，他得謝謝我，都是我的不斷糾纏，她才會跟任賢齊接觸。二〇〇二年任賢齊二度在香港紅磡體育館舉辦演唱會，他邀我去看，飛機上遇到他姊姊，姊姊也說他爸媽一直很感謝我。但其實，這只是大家的因緣際會，合該他要紅了。我雖然跟他不熟，但卻始終認為他合適，所以難得雞婆地促成。

從《神鵰俠侶》開始，任賢齊一夕大翻身，各方邀約不斷。饒是楊佩佩，也

▼因緣際會演出《神鵰俠侶》，「楊過」的角色成為任賢齊事業的轉捩點。

只擠上一齣《笑傲江湖》，就很難再軋到他的檔期了。一直以來，唱歌是任賢齊的最愛，其次才是演戲；而連續劇因為拍攝耗時太長，會影響他巡迴世界的演唱會，因此演出機率又小於電影。所以，即便楊佩佩現在仍然對他很感興趣，檔期卻還得慢慢等。

和楊佩佩合作兩檔連續劇，任賢齊對這位女強人的印象如何？「說句玩笑話，很可怕！」任賢齊笑說：「她就像一隻攻擊性很強的鯊魚，只要認定是你，她可以等待，會全力說服、爭取，就是要你。她的企圖心很強、很堅持，為求好心

在演藝圈奮鬥多年，直到演出《神鵰俠侶》，任賢齊才真正成為巨星。右：吳倩蓮。

切，她會鍥而不捨。有些戲，我看不需要花那麼多錢，但她堅持品質，很捨得花。東西拍完後，她若發現角色不合，會捨棄成品換角重拍，白花錢的事她也幹，她就是要好！」聽到任賢齊以「攻擊性很強的鯊魚」來形容自己，楊佩佩有些驚訝，她奇怪任賢齊跟她接觸並不多，竟然這麼了解她；這個形容詞，楊佩佩覺得頗為貼切，她真是只要認定目標，就會鍥而不捨，不達目的絕不罷休。

任賢齊表示，他內心裡很尊敬楊佩佩，但是拍她的戲真的很可怕，因為大隊人馬在大陸，必須壓縮時間來節約成本，所以班表排得相當精準，讓演員的工作量會出現超負荷的狀況。他說：「其實，以我的時間來說，是需要這般壓縮才能完成，可是在那當下，我就必須全副武裝來應付，真的很累！」

接連兩次為楊佩佩詮釋金庸筆下的男主人翁，任賢齊說，雖然他從小就是金庸迷，但在那之前，他壓根兒沒想過自己能化身其中。

《神鵰俠侶》可說是任賢齊演藝生涯的分水嶺，一齣戲走紅後，如今的他，酬勞已是早年的幾十倍。而《神鵰俠侶》和《笑傲江湖》的拍攝，雖然只隔一年，但楊佩佩是個大器量的製作人，她不會因為自己捧紅任賢齊，就在酬勞上有所苛扣，相反的，任賢齊自己沒提，她就主動調漲一倍的酬勞。

人紅，樣貌也會變好看。《神鵰俠侶》開拍之前，並不認為任賢齊帥的楊佩佩，在任賢齊走紅後首次的香港紅磡體育館演唱會上，忍不住在台下發出讚嘆，甚至以「漂亮」來形容任賢齊。任賢齊說，那是因為自信的累積，加上更清楚怎樣表現自己、更懂得打扮所致。對演藝工作，任賢齊將之視為終身事業，不過會衡量自己的年齡、體力，做適度的調整。但不管如何，與楊佩佩的快樂合作，是他今生最重要的機緣。

袁詠儀

迪士尼卡通片《花木蘭》紅遍全球，促使楊佩佩也興起拍攝《花木蘭》的想法。而這個「代父從軍」的主人翁，楊佩佩也從港片《金枝玉葉》的反串造型，相中了由袁詠儀出任女主角。

不過，楊佩佩初接洽袁詠儀的過程並不順利，因為經紀人要求每天休息的時數，對機動的拍戲作業，會造成壓力。挫折中，楊佩佩轉把目光調回國內，並在一次與陳亞蘭聚會於我家時，雙方愉快地達成合作協議，她決定請這位楊麗花的高徒出任《花木蘭》。

就在楊佩佩把合約傳真給陳亞蘭，只待陳亞蘭簽字時，華視《土地公傳奇》也盯上了陳亞蘭。華視把陳亞蘭請了去，全公司高層展開人情攻勢，輪番遊說她演「土地婆」，反正陳亞蘭不簽約就出不了華視大門。從中午一直遊說到天黑，中間陳亞蘭曾打電話向我求救，不過，我請她自己衡量選擇。最後，拗不過華視人情包圍的她，跟華視簽了演出合約，也跟無法等她拍完《土地公傳奇》再開拍的《花木蘭》說再見！

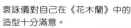

袁詠儀對自己在《花木蘭》中的造型十分滿意。

開拍在即，女主角卻臨陣出狀況，楊佩佩於是再回頭找袁詠儀。這時，有關楊佩佩要拍《花木蘭》的消息，已在兩岸三地傳得沸沸湯湯，許多人表示演出意願，香港媒體甚至傳出女主角定了劉嘉玲。事實上，在楊佩佩眼中，劉嘉玲是最有女人味的美女，怎麼合適演出這麼個男人婆般的角色？最後，在袁詠儀確定接演時，好事的香江媒體，還以袁詠儀是「太平公主」，適合反串而勝出來著墨。

其實，袁詠儀在和楊佩佩接觸之前，因為拍了一部很不理想的電影而落寞地萌生退意。有一回，她去請教一位高人，表示想退出演藝圈，高人輕描淡寫：「過了農曆七月之後，你就不會再有這個想法了！」巧的是七月一過，楊佩佩的《花木蘭》就找上門。一開始，她還是沒興趣再拍戲，後來經紀公司跟她分析，表示當時電影已不景氣，而《花木蘭》的戲以女的為重，而且喜趣

的劇情，很適合她當時的心情，因此，她點頭「從軍」去。

第一次見到楊佩佩，袁詠儀的印象是：很兇的樣子。不過，拍戲第一天，她因為劇本問題找楊佩佩溝通時，楊佩佩就請她一起跟編劇通電話，好直接把問題溝通清楚，這個開明舉動，讓袁詠儀留下了好印象。

對於演古裝戲，袁詠儀原本很沒信心，尤其是在那之前的一部古裝賀歲片中，她對自己的造型簡直不滿意到極點。不過，楊佩佩告訴她：「沒問題！一切交給張叔平！」果然，張叔平的造型，讓袁詠儀相當滿意，她那身造價十幾萬元台幣的軍裝，連楊紫瓊都欣賞，甚至在開拍由她主演的電影《花木蘭》之前，就跟楊佩佩買了這套袁詠儀的二手衣，自己先做造型拍海報，以便賣海外版權。找到了自信，片廠的袁詠儀，每天像隻快樂的小鳥，到處嘰嘰喳喳，她舉手投足都是大咧咧的男兒態，看得楊佩佩樂在心裡，篤定這戲一定好。

《花木蘭》拍攝期間，楊佩佩常在晚上十點左右打電話給袁詠儀，問她在幹嘛，要不要過去聊天。幾次之後，袁詠儀問跟她私交甚篤的孫興，為何老闆這麼喜歡找人聊天，孫興告訴她：「她只是要確定你在房裡，她不喜歡演職員貪玩，耽誤到工作！」袁詠儀片廠雖然愛鬧，但收工後並不喜歡外出遊玩，因此合作期

▶ 右圖：袁詠儀大方坦承和《花木蘭》男主角趙文卓（左）合作不愉快。
▶▶ 左圖：袁詠儀因拍攝《花木蘭》而與孫興（右）結為好友。

間相當開心。若說拍攝期間有何不愉快，那只有跟男主角趙文卓的不對盤。

袁詠儀說，和趙文卓的第一場打戲，她就被趙文卓一掌擊在前胸，整個人直往後退。她撫著疼痛的胸口問趙文卓，怎麼出手這麼重，趙文卓回答：「我怕你不會做反應，這樣比較有真實感嘛！」這句話，噎得袁詠儀差點吐血，幾次挨打後，她翻臉要求導演，絕不跟趙文卓動手。

說到吐血，袁詠儀說，戲裡的壞女人劉姿，最後一場戲是被趙文卓一掌打得吐血身亡。拍這場戲時，袁詠儀睜大眼睛等著看好戲，果然，趙文卓漂亮地揮手落掌，現場「碰！」一聲巨響，劉姿咚！咚！咚！退了好幾步，跟著跌坐地上，沒了聲息。過了好一會兒，導演站起來，指著劉姿開罵：「吐血呀！你為什麼不吐血（指著是她事先含在嘴裡的道具血水）？」坐在地上的劉姿痛得淚水含在眼眶裡，委屈地揉著胸口說：「我那一口血水，被他一掌震得吞進肚子裡了！」袁詠儀忍不住偷笑，但內心相當同情劉姿。

接著，楊佩佩再請袁詠儀扮演《笑傲江湖》的「任盈盈」，袁詠儀又緊張了。因為，私下就喜歡喳喳呼呼的她，對這麼個出身魔教卻端莊賢淑、為愛專一付出的角色，有些難以掌握。不過，楊佩佩又安慰她：

「不怕！把問題交給導演！我只要求你減肥五公斤！」

「我這麼瘦，還要減肥？」

「扮古裝淑女，還是瘦一點好看！」

在楊佩佩的堅持下，袁詠儀真的減了肥。眼看漂亮的「任盈盈」，熱中減肥的楊佩佩好感慨：「叫別人減肥好簡單呀！」不過，楊佩佩也不是任何戲都要主角減肥，像促成袁詠儀與男友張智霖合作的《官場插班生》，由於是喜劇，所以她也樂得看兩人吃得肉呼呼的，以襯托戲的喜感。

▼減肥五公斤後，袁詠儀的「任盈盈」扮相更加動人。

袁詠儀說，入行以來從沒有人要求她減肥，只有港片《新不了情》中要演個罹患絕症的女孩，被導演爾冬陞要求過一次。因此，楊佩佩叫她減五公斤，讓她相當訝異。不過，既然要演，就要表現出最好的一面，老闆要求減肥，她就減，而且，此後凡是要拍楊佩佩的戲，開拍前她就先減肥。

在袁詠儀的認識中，楊佩佩是個會給自己很大壓力的老闆，而她的壓力，多少感染到周遭的人。不過，楊佩佩也是她認識的製作人中，少見的認真與敢於花錢。她說，楊佩佩樣子雖兇，心地卻很好，拍攝《笑傲江湖》期間，她體諒演員寒冬拍戲的苦，還特地從美國買來貼身的保暖衣服，送給他們禦寒呢！

袁詠儀從跟楊佩佩合作之初，就聽聞她很兇，直到《笑傲江湖》，終於讓她見識到了。那天是姜大衛殺青即將離開，請大夥兒吃飯，結果有些工作人員還沒拍完戲，就停工趕去吃飯。楊佩佩知道後，發飆開罵。袁詠儀說：「哇！她罵人的時候，聲音高八度，而且霹哩啪啦地停不下來，其他人都嚇跑了，但我卻覺得好好笑。我跟她說：『老闆！你罵人的樣子好好笑喔！』她鐵著臉回答：『有什麼好笑？』我一看不對勁，也溜了！」

《花木蘭》一劇，讓袁詠儀紅透兩岸三地，也從此對楊佩佩死心塌地，每年經紀公司為她安排新年度的工作表時，她都要經紀公司先問過楊佩佩有沒有新戲要合作，如果有，當以楊佩佩為優先。曾經，她為拍楊佩佩的戲，等了一整年呢！

袁詠儀和楊佩佩合作愉快，安排工作計畫都以楊佩佩的戲為優先。圖為《官場插班生》劇照。

趙文卓

請趙文卓出任《花木蘭》的男主角，就楊佩佩的選角標準而言，是一項突破。因為，在那之前，她對趙文卓的認識，只是銀幕打仔、功夫明星，不是電視小螢幕所需要的演技派演員。

不過，當時她已跟老班底馬景濤翻臉，而新歡任賢齊的時間又擠不出來，所以，當我因為好友于莉的關係，認識了她的哈爾濱同鄉趙文卓後，便向楊佩佩推薦，楊佩佩也認為趙文卓的外型相當正派帥氣，合適「李將軍」的角色，因此找了他的經紀公司「中國星」洽談合作。

楊佩佩沒把趙文卓當第一人選，趙文卓接演《花木蘭》也純粹尊重公司的安排而已。在他的想法裡，劇名既然叫《花木蘭》，主人翁當然是女主角，他雖貴為男主角，但顯而易見的，重要性遠不如女主角。一直對自己的功夫相當自豪的趙文卓，曾經向我透露，他最想演的，其實是《笑傲江湖》的「令狐沖」，但也許是因為趙文卓的型太正派了，所以沒人找他演這個放蕩不羈的角色。

趙文卓和袁詠儀，早在合作《花木蘭》之前就曾在港片《滿漢全席》中搭檔

《花木蘭》的成功讓趙文卓將工作重心由電影轉向電視。

過，當時兩人就有摩擦。究竟問題出在哪裡呢？趙文卓說：「我那時剛去香港沒多久，語言不是很通，所以不太說話，還常常幾個月都不跟人說話，算是有些自閉。而她很活潑，我就跟她說，我愛靜，叫她別蹦蹦跳跳地吵，她聽不懂，還找人翻譯。」（對此，袁詠儀表示趙文卓一口北京腔，她當時的確聽不懂對方在說什麼。）

也不知是否心裡早存芥蒂，戲才開拔到北京拍攝，就傳出趙文卓與女主角袁詠儀不合的新聞。不過，他們畢竟都是敬業而專業的演員，因此，儘管私下認為對方「非我族類」，但螢幕前卻恩愛逗趣，演出完全牽引著觀眾的情感，

▼趙文卓的外型正派，十分合適《花木蘭》中「李將軍」的角色。

認為他倆是最速配的一對。

《花木蘭》不只紅了袁詠儀，更讓趙文卓一下子成為兩岸三地最熱門的電視男主角。現在，趙文卓的身價，已貴為兩岸三地電視男主角之冠。雖然趙文卓仍未忘情電影，不過，一來他在電視的光彩太過奪目，二來他喜歡電視三機作業能讓情緒連貫，因此目前他淡出大銀幕，持續在中、港、台的電視螢幕上發燒。

對於今日的成績，趙文卓真的感謝楊佩佩。在他的印象中，楊佩佩是個相當認真的製作人，她的敢花錢，尤其讓鐵錚錚的趙文卓折服。趙文卓笑說，從沒看過一位製作人，是追著人付錢的，拍她的戲，沒聽過有酬勞上的抱怨，也正因為如此，楊佩佩能組合最優秀的幕前、幕後工作人員，能成就一齣齣好戲的誕生。

張智霖

張智霖在香港的大小銀幕以及唱片界，雖然都有相當的分量，但台灣和大陸的觀眾對他印象並不深刻。不過，楊佩佩相當看好張智霖，她認為張智霖只要有好戲襯托，必定大紅大紫。

從《神鵰俠侶》的「楊過」，楊佩佩就想找張智霖；稍後的《青蛇與白蛇》，她又想找張智霖演「許仙」，但是，兩次的邀約都未成功。直到《官場插班生》，有袁詠儀的居間撮合，合作才展開，而且一拍連三齣，張智霖已儼然成為楊佩佩新一代的當家小生。

楊佩佩邀張智霖主演《官場插班生》，還有另一個困難。劇中那個一路與他打打鬧鬧，卻暗戀著他的鄰居女兒，楊佩佩左思右想，都認為袁詠儀最合適。但是，情侶合作是演藝圈的禁忌，因此，這番遊說，花了楊佩

▼楊佩佩在《官場插班生》中打破了演藝圈情侶合作的禁忌，張智霖（左二）和袁詠儀搭檔起來默契十足。左：導演李惠民。

佩半年的功夫。楊佩佩認為，情侶搭檔，如果還在螢幕前你儂我儂，卿卿我我，那就顯得惡心。不過，這一對男女主角是歡喜冤家，打鬧一整齣戲，到最後才結成連理，所以不會讓人看了反感。實際上他們搭檔以後果然默契十足，兩人之間的一些小動作更見可愛。

男女主角合拍，戲拍起來當然更順暢。尤其，過去大咧咧的袁詠儀，為了幫張智霖做人，三不五時的以男友名義請工作人員吃飯、送送小禮，讓劇組的工作氣氛更加歡樂。張智霖在接受這樣的安排後也說：「情侶同在演藝圈，除非有一方特別不出色，否則同台演出是遲早的事。不過，由《官場插班生》的經驗，我想以後還是盡量避免情侶合作。因為在片廠裡，袁詠儀對我而言，是個很熟悉的人，但又是個很陌生的對

從《官場插班生》開始，張智霖儼然已成為楊佩佩連續劇的新一代當家小生。

手，感覺很奇怪！」

張智霖和楊佩佩才合作一年，就一連接拍了她的《官場插班生》、《如來神掌》、《飛刀又見飛刀》，密集的演出，讓袁詠儀都眼紅，直說：「老闆偏心！」其實，和袁詠儀一樣，張智霖也愛上了楊佩佩的戲。在他的眼中，楊佩佩是個有氣質的老闆，年輕、漂亮、有活力，尤其珍惜演員。也正因為如此，張智霖說他總是努力把自己做到最好，避免讓這個團隊的龍頭不開心。

李立群

從一九八八年的單元喜劇《台北康米地》開始，李立群與楊佩佩就結下不解之緣。過去熱中舞台的李立群，接受楊佩佩的邀約涉足電視劇後，幾乎只演楊佩佩的戲，一直到二〇〇二年的《如來神掌》，他和楊佩佩合作近二十齣連續劇。或許受限於外型，李立群雖非男主角，但卻是楊佩佩戲劇中，最稱職的綠葉。

楊佩佩說：「我一直很珍惜跟李立群的緣分，他當年雖對電視不感興趣，但

只要我請，他不問角色就來。而我總讓他自己挑角色，他忙，就客串戲份比較輕的角色；不忙，就演比較重要的角色。但不管角色輕重，他的演技都能把角色襯得很突出。」

「《碧海情天》的時候，我請他演個有些弱智的角色，他一聽，『啊！』一聲，但沒說什麼，還是來演。我跟他真的很有緣，這是我難得跟演員有密切的私交，我們的感覺，有些像家人，因此什麼話都可以講，當然有時候也因此會產生爭執。」但是，拍完《如來神掌》後，楊佩佩有些遺憾的說，她跟李立群的緣分，可能要結束了，她覺得李立群可能不會再接她的戲了！原因何在？

《碧海情天》中那個有些弱智的角色李立群也二話不說就接下了。

原來，李立群這些年在大陸相當紅，大陸劇找他，都是男主角，而且一集酬勞高達二十萬台幣；他演楊佩佩的戲，酬勞折半、又非主角，就他的立場，似乎沒有必要「糟蹋」自己。尤其，《如來神掌》開拍前，他曾表示想演關鍵的「火雲邪神」，但戲要從年輕時候演起，年輕的「火雲邪神」，要與女主角朱茵自己兼飾的媽媽談戀愛，就製作人而言，李立群配朱茵，年紀似乎嫌大了些。何況，當時李立群車禍受傷，不大能拍打戲，也沒有檔期演這個重要角色。因此，楊佩佩把這角色給了孫興。

李立群也很珍惜與楊佩佩的緣分，這麼多年下來，只要楊佩佩找，他不問戲、不問酬勞，都會演出。不過，他說楊佩佩給他的酬勞，該漲時自動就會漲。以他目前的身價，楊佩佩能給的酬勞雖遠不如大陸，但就角色而言，那樣的價錢的確很高，也顯示楊佩佩為求戲好，連配角都願花大錢的魄力。

和楊佩佩相處十幾年，李立群說他是越辯越了解楊佩佩，在他眼中，楊佩佩有點雙魚座的神經質。他們曾經發生過一次嚴重爭吵，關鍵竟是李登輝，只因他們當時的政治立場不同，李立群因為說了支持李登輝的話，引來楊佩佩翻臉。就李立群的了解，楊佩佩善良、重義氣，在她生命最晦暗時，她的堅持跟糊塗，能使她安然度過。這點，讓李立群

李立群總是楊佩佩連續劇中最搶眼的配角。

相當稱奇，也對她感到尊重。

李立群也坦承，接下去他們要再合作，是有些困難。他說：「就客觀因素，她在大陸的市場可以賣我，這情況下，我的酬勞似乎不合理。就主觀因素，我因為四年前的《田教授家的二十八個褓母》走紅大陸後，我也想往內地開拓市場，這種前提下，如果還常常演一些無足輕重的戲，會傷了自己。」

楊佩佩今天能成爲兩岸三地最成功的電視製作人，除了她的敢花錢的膽識和堅持做好戲的執著，長期共事的精采幕後班底也功不可沒。

第三章，幕後精采組合。

楊佩佩今天能成為兩岸三地最成功的電視製作人，除了她敢花錢的膽識和堅持做好戲的執著，長期共事的精采幕後班底也功不可沒。

陳麗華、關展博

在楊佩佩的戲劇事業中，陳麗華絕對是個主角，她的編劇，楊佩佩的製作，已是品質的保證。而這塊編劇界的瑰寶，從與楊佩佩結緣到長期合作，也有讓人津津樂道的故事。

楊佩佩初學製作時，由於經常待在美國陪兒子，所以都以港劇錄影帶消磨時間。當時，她深深被無線電視台的《上海灘》、《京華春夢》等戲所吸引。因為正投身製作工作，所以她對劇本、拍攝手法、演員等，都會特別留意。香港的電視劇，幾乎都不是單一編劇所完成，而是由編劇群分工來編寫，而楊佩佩每次看到特別精采那一集戲，倒帶回去看編劇姓名，幾乎都是陳麗華。

於是，楊佩佩委託她熟識的香港導演李惠民，幫忙找陳麗華寫劇本。但李惠民每天去磨陳麗華，她就是不肯。最後，楊佩佩拿出一齣戲的編劇費，請李惠民無論如何塞給陳麗華，並表示不要給陳麗華壓力，隨便陳麗華什麼時候寫都可以。陳麗華不收錢，李惠民好說歹說地硬塞，最後陳麗華只好收了。她一收下錢，立刻動筆寫，第一齣戲《還君明珠》，就讓楊佩佩打響了八點檔製作人的名號。楊佩佩的成功，陳麗華功不可沒的事實，電視圈的人都知道。這些年下來，不少製作人以高價去挖角，但陳麗華就是不動如山。

陳麗華說：「寫東西很苦，而我又是一個很怕麻煩的人，當初不接受楊佩佩的邀約，是為了這個原因；接受楊佩佩後，雖然無線電視台的主管都叫我不用辭職，因為所有編劇都兼有外面的案子，但我堅持離開，也是為了這個原因；而這麼多年只寫楊佩佩的戲，不願多接其他案子，除了楊佩佩能拍出我構想的情境，更是為了這個因素。」

陳麗華高中畢業後，曾在寫字樓當過文員。無線電視台招考編劇訓練班時，她因為從小愛看戲、愛看小說，所以報名參加。二十歲，她寫了第一齣戲《楚留香》，而後成為無線電視台編劇群中，最擅長處理感情戲的編劇。其實陳麗華不只能寫文藝愛情戲，寫武俠戲一樣精采，她說：「文藝戲跟武俠戲的基本元素是一

▼楊佩佩製作的電視劇成功，編劇陳麗華和關展博扮演非常重要的角色。

樣的，只不過文藝戲用談的，武俠戲用打的而已。」陳麗華看書涉獵極廣，題材完全不受限，但對歷史故事尤其情有獨鍾。也正因為如此，她的生活雖然簡樸得一如中學生，可是寫出來的作品，情感豐沛得讓人懷疑她必定有過非常豐富的人生歷練。

一個香港編劇、一個台灣製作人，十多年的合作，別的不談，劇本的傳真、快遞等等費用，就是一筆不小的開支。陳麗華說：「以前我用手寫劇本，傳真、快遞等費用，一齣戲大約要一萬多元港幣。不過，自從我們使用電腦後，寬頻傳輸的費用，一齣戲兩百塊錢港幣就能搞定。」

從二十多歲與楊佩佩結緣，陳麗華歷經與另一位編劇關展博結婚、生下一女一兒的人生大事。陳麗華與關展博結婚後，開始以「博華」的名字，夫妻聯手為楊佩佩寫劇本。編劇是最主觀的，合作寫戲當然有磨擦，陳麗華說：「寫《倚天屠龍記》時，我寫完第一本，他的意見好多，我一氣，把劇本給撕了，讓他自己去寫！」但是不管如何，習慣群體編劇的他們，對於這樣的作業方式，還是頗能

適應。因此，「博華」也能延續楊佩佩的製作風格與優勢。

生活的轉變，沒有改變陳麗華的本性，這對夫妻對物質生活的要求相當低，因此不為外間的高片酬所誘惑。他們以前住在香港邊界的元朗郊區，家裡還有好幾把類似真槍的ＢＢ彈玩具槍，為的就是邊界山區的治安問題。近幾年，為了顧及小孩就學條件，他們已搬到沙田居住。沙田對一般香港演藝圈的人來說，仍是個鄉下地方，不過他們一點也不嚮往繁華的市區，一家四口，對簡樸的生活環境甘之如飴。

張炭

除了主力編劇陳麗華夫婦，張炭也跟楊佩佩，結下頗深的淵源。嚴格說來，到目前為止，張炭只幫楊佩佩寫了《新龍門客棧》，但由於這齣戲當初幾乎是編劇跟在拍戲現場編寫，因此，五個月的朝夕相處，讓他們衍生出有如母子般的感情。

《新龍門客棧》起初是請另一位香港編劇寫劇本，不過，楊佩佩拿到二十幾本劇本後，發現就她的標準而言，幾乎不能用。但是，發現問題時，所有演職員的檔期都已開始計算，戲的開拍，已如箭在弦上。因此，楊佩佩請來電影《龍門客棧》的編劇張炭幫忙改寫。

楊佩佩的原始構想，是請張炭修改前三集的劇本，保留原始的劇本架構，這樣戲只要稍加修改，仍能照拍。怎知，張炭那三集劇本寫來後，精采固然是精采，卻跟原劇本完全搭不上。換言之，如果用張炭的本子，前面那二十幾集的劇本，全部得作廢。幾經衡量，要好不怕虧錢的楊佩佩，當真捨棄原來的劇本，拿著張炭那三集劇本，就揮師進銀川拍攝。

大隊人馬在銀川，劇本卻只有三本，那是件相當可怕的事。為恐沒有本子可拍，楊佩佩把張炭帶進銀川，天天盯著他寫劇本。楊佩佩說：「我從來沒有在一個編劇身上下過這麼大的功夫。他年輕愛玩，我必須緊盯著他，連哄帶罵、恩威並重地對待他。他曾經有過幫徐克寫劇本時，被關起來寫還偷跑掉的記錄，所以我不能逼他太緊，每天只要求他寫出夠第二天拍攝的量就好。我每天數他的稿紙張數，原以為會很慘，還好，五個月就拍完了。而且，這齣戲還算是我最賺錢的

▼張炭（中，面對鏡頭者）因為被楊佩佩緊迫盯人地寫了五個月劇本，而建立了近乎母子的感情。（攝影／林美瑤）

戲呢！」

這五個月的相處方式，讓楊佩佩與張炭情同母子。拍攝《儂本多情》時，楊佩佩故技重施，把張炭帶去天津劇組，盯著張炭寫她下一步計畫要拍的連續劇《帶子狼》。楊佩佩先付了張炭一半酬勞，還擔心他不習慣電視劇的編寫方式，所以帶著張炭去陳麗華家，請陳麗華、關展博協助張炭擬好分場大綱。這為期一週的分場大綱擬定時間，楊佩佩天天去當保母，幫忙照顧陳麗華的一對兒女，好讓他們夫妻不至於因為子女而分心，影響進度。奈何，《儂本多情》有劉嘉玲、鈕承澤這些個性和張炭非常契合的朋友，搔得跟在劇組的張炭一顆心老癢癢的，很難定下來寫本子。所以，楊佩佩的《帶子狼》，就這麼白搞了。

張炭這些年都在大陸，除了電視劇，最近

還幫陳凱歌寫劇本。談他跟楊佩佩的交手心得，他的大嗓門急切地說：「交手？哪有交手，是被她征服！交手是有來有往，我跟她根本是征服與被征服的關係。」在張炭眼中，沒有楊佩佩征服不了的人，他倒是很期待哪天有這麼一個人出現。他笑說自己和楊佩佩，就像乾兒子對乾媽，由於他常常偷溜，沒做功課，所以心裡有鬼，怕見乾媽。而他的好友劉嘉玲、鈕承澤等人，面對楊佩佩，也像是幫同學作弊怕被抓一樣，所以不只他怕，其他人也跟著怕。

張炭說：「在拍戲現場，楊佩佩有家長的威嚴！」為什麼楊佩佩有這樣大的威嚴呢？張炭分析：「她的磁場大嘛！一來因為她是老闆，財大氣粗；二來她很『正』，沒有毛病、沒有壞習慣讓我們挑，所以道理老是站在她那一邊囉！我們愛玩、愛哈拉，比起她來，理虧氣短，當然沒得交手。」

張炭有多麼懼怕楊佩佩？這也許是巧合，但絕對不是笑話：他，一個粗獷的大男人，居然在接到楊佩佩電話時，從床上摔下，摔裂骨盆，送進了醫院！話說有天楊佩佩從台北打電話到大陸找張炭，雙方哈拉幾句後，張炭那邊突然沒了聲音。楊佩佩心想，也許是手機訊號出問題，加上這時家裡有另一通電話進來，她也就沒再理會張炭這件事。次日，張炭打電話告訴她，前一天的電話之所以斷了，是因為他從床上摔下來，當場摔裂骨盆，被送進了醫院。楊佩佩一聽，笑到岔氣，也忘了自己究竟找他幹啥。

賴水清

就如同陳麗華一樣，導演賴水清也是電視圈熟知的楊佩佩班底。不過，他們長達十年的合作關係，在《青蛇與白蛇》之後，已經暫告結束。

賴水清很早就從香港來台發展，《還君明珠》時，他就是導演群之一。由於他對感情戲的處理相當細膩，因此楊佩佩幾乎每一齣戲都找他，但機緣總是不夠。自一九九一年的《末代兒女情》起，賴水清開始較多的參與，而直到一九九三年的《英雄少年》開始，賴水清才成為楊佩佩的固定班底。

賴水清處理感情戲特別細膩，很早就開始與楊佩佩合作。

楊佩佩一向重視人才，她以年薪五百萬元，網羅賴水清。當年她幾乎一年才拍一齣戲，有一年還完全停

擺。因此，這樣的薪水，當真是圈內人欽羨的高價。楊佩佩說，合作多年，賴水清一直很想往外發展，但又害怕。直到《青蛇與白蛇》，因為高人指點當年楊佩佩的運氣並不好，而與中視的合約又不得不履行，所以楊佩佩與賴水清協商，除了角色的洽邀與付酬，其餘全劇在大陸的拍攝，由賴水清承包。怎知，賴水清的包拍與楊佩佩的理想出現頗大的差距，兩人多年的合作關係，終告拆夥。

賴水清（中）覺得與楊佩佩合作很有成就感。

對於高薪，賴水清說：「不高！我拿的比李惠民少呢！其實，拿年薪是吃虧的，如果出去拍戲，大概七、八個月就可以賺到這筆錢了。不過，誰賺誰虧也很難說，重要的是工作上有成就感、愉不愉快。」成就感是肯定的，那麼與楊佩佩合作的過程，愉快不愉快呢?賴水清說：「有些東西，你受得了、不當一回事，就無所謂；若是當一回事，多少總有些不舒服。總結看她，她是個很有魄力、眼光獨到的製作人，她的成功點值得學習，但不是所有人都做得到的。」

如今，多年的合作關係終結，賴水清說：「合久必分，分久必合。娛樂圈沒有永遠的朋友，也沒有永遠的敵人，就看以後的機緣吧！」

李惠民

李惠民和楊佩佩結緣，其實比賴水清更早。不過，由於他當年來台拍攝《還君明珠》等戲都屬兼差性質，正職還是香港無線電視台的導演，無法跟楊佩佩做長期的合作。後來他離開無線電視台，但卻有足足五年的時間都在拍電影，壓根兒來不了台北。直到楊佩佩拍攝《新龍門客棧》，他才固定成為固定班底。

賴水清有些吃李惠民的醋，其來有自——楊佩佩從未把李惠民當作花錢請來的員工，而是視他如上賓，對他相當客氣。因為，在初認識那些年，楊佩佩舉凡編劇、導演等幕前、幕後的香港班底，都靠李惠民介紹促成，而李惠民這些年搭檔

李惠民導戲和掌握氣氛的功力一流，和演員們都合作愉快。左：《女巡按》男主角陳道明。

賴水清為楊佩佩的戲掌鏡，他又快又準的手法，也讓楊佩佩由衷佩服。李惠民在拍戲現場總把氣氛掌握得很好，他說：「那是因為我對中、港、台的演職員一視同仁，所以大家都喜歡我。」

也許是合作的前提建立在朋友關係上，團隊裡大家都怕楊佩佩，但李惠民卻不怕，他只是很尊敬楊佩佩。雖然，拍攝《儂本多情》期間，李惠民曾跟楊佩佩爭吵過，不過那是基於對戲的觀點不同。李惠民說：「後來我把剪接完成的片段給她看，她很喜歡我的構思，爭吵的事也就煙消雲散。」

程小東

楊佩佩二度拍攝《笑傲江湖》時，由於認定要把它當大戲拍，所以連武術導演，都請來香港電影圈的第一把交椅——程小東。

當時的程小東已移民加拿大，很少拍戲了，但因為楊佩佩的力邀，他首次跨足台灣電視劇。以程小東這樣的大牌，儘管一齣戲的工作天數不多，但是他個人的酬勞，加上他帶來的武術工作人員、他拍攝的武打場面動畫效果等等，一齣戲要花上一千多萬台幣；這樣的開銷，絕非一般電視劇負擔得起。

不過，楊佩佩認為這筆錢花得相當值得。雖然有人說電視螢幕小，太過電影化的武打戲無法顯現效果，但楊佩佩堅持一分錢、一分貨，好導演設計出來的動作畫面、拍出來的戲，就是能讓觀眾驚心動魄。尤其，程小東拍戲相當精準，不會拍了一大堆畫面，卻剪不出幾個能用的鏡頭。她花的錢，絕對在刀口上。

對於自己會接電視劇，程小東表示，那是因為他知道楊佩佩喜歡品牌、凡事要求高，在她那裡，幕前幕後的組合都夠水平，因此拍她的戲，要什麼有什麼，拍起來也就有安全感。盱衡兩岸三地的戲劇圈，程小東肯定的說：「楊佩佩的製作團隊，是數一數二的。甚至，她製作的電視劇，比很多電影都好。」

楊佩佩為了戲好，不惜重金請來程小東（左二）擔任武術導演。圖為《如來神掌》工作人員合照。（攝影／林美瑶）

張叔平

楊佩佩和張叔平的緣分很奇怪！照理說，兩個緊張型的人，不大可能會結成好友，但他們卻好得讓香港演藝圈大感驚訝！

學電影出身的張叔平，因為興趣而走上美術設計這一行，由於他的敏銳、敢於突破創新，因此在香港電影圈赫赫有名，舉凡香港的金像獎、台灣的金馬獎，他都是常客。

張叔平因為幫賴聲川的《暗戀桃花源》做美術設計，因此與賴聲川、丁乃竺夫妻，以及該片女主角林青霞等，有著好交情。有回他們一群人在楊佩佩家旁邊的日本餐廳吃飯，飯後，丁乃竺邀約大家一起上楊佩佩家坐坐。這一坐，坐出了兩人的友情。

當時，楊佩佩才搬去那新居沒多久，對家中的裝潢還有些問題，因此開口向張叔平討教。張叔平也絕，既然楊佩佩開口問，他就照自己的專業老實講；他對楊佩佩家裡的擺設有諸多不滿意，因此叫她這個搬、那個丟，而楊佩佩都照辦，

最後，楊佩佩對客廳那面大窗的窗簾做徵詢，張叔平建議她用白色的，楊佩佩於是要求張叔平陪她去買窗簾，張叔平居然也一口答應，讓在座的人大為驚奇。

楊佩佩說做就行動，隔兩天就去香港找張叔平。兩個還算陌生的人，為了看窗簾，在香港逛了三天的街。不熟，當然不會多交談，這三天，只見張叔平在前走，楊佩佩在後跟。楊佩佩說：「他走路好快，我因為不熟，不敢叫他放慢速度，所以那三天『追』張叔平的日子，可把我累壞了！」有過買窗簾的經驗後，開始迷上古董的楊佩佩，每到香港，也總會找張叔平陪她去看古董。張叔平說：「我們去古董店，每次我伸手拿起什麼東西，她就說要。到後來，如果是我自己看上的東西，我都不敢伸手碰，免得被她搶走。可是，我的眼神還是藏不住，所以常常被她捷足先登。」這樣純買東西的交情，長達兩年，一直到兩年後，他們才開始談心。

楊佩佩籌拍《新龍門客棧》時，嘗試性地詢問沒有做過電視劇的張叔平，可否幫忙該劇主角做造型，楊佩佩原本絲毫沒把握會請到張叔平，沒想到張叔平一口就答應。張叔平真的夠朋友，答應了就不問錢，這麼多年下來，楊佩佩都是照自己的意思包紅包，而且這紅包一直都沒增加過。

張叔平和楊佩佩的交情竟是從買窗簾開始建立的。　（攝影／林美瑶）

直到現在，張叔平除了因為友情，幫劉嘉玲在中視《多桑與紅玫瑰》裡做過造型外，就沒碰過其他電視劇。為何他對楊佩佩情有獨鍾，他說：「我不喜歡受到干涉，而楊佩佩除了不會干涉我的創意，更因為有錢，可以把我的創意發揮到最完善。」

和楊佩佩合作過的作品中，張叔平最滿意的就是《神鵰俠侶》中的「小龍女」。雖然，他這個一身黑衣、辮子頭的「小龍女」，受到金庸的批評，戲劇圈更以「非洲小龍女」戲稱詮釋這角色的吳倩蓮，不過，張叔平自有一套看法：「我在做的時候，就知道會有人唱反調，但是我喜歡反傳統，喜歡在既有的概念中，再想想可否有另一種發揮。為何『小龍女』一定要做白色打扮？黑色的『小龍女』也很有味道呀！」不過，金庸設計白衣「小龍女」，是代表純潔，張叔平反其道而行的設計，當然引來金庸的不悅。

而合作過的藝人中，張叔平認為跟劉嘉玲合作最愉快，他的設計，在劉嘉玲身上襯得效果很好；袁詠儀也不錯，能把他的創意完全彰顯出來。張叔平當然也碰過他不喜歡的藝人，這時還有靈感嗎？「我會把他想像成另外的人，或者先照劇本的人物個性，做好造型後，才套到對方身上。到目前為止，我還沒有一部戲找不出靈感，常常，我只要看劇本看著、看著，感覺就來了。」

藝人熱中名牌、迷信名牌，而張叔平就是「名牌」。導演李惠民曾調侃一些香港大牌女星，說是張叔平拿一坨大便放在她們頭上，她們都會說好看。當然，這只是玩笑的比喻，楊佩佩可是非常滿意張叔平這些年在她戲劇風格上的貢獻，雖然她拍的是古裝、民初戲，但張叔平的服裝卻相當摩登，讓演員下了戲還捨不得脫。

湯莉娟

強將手下無弱兵，楊佩佩的統籌湯莉娟，就是演職員眼中的狠角色。她排出來的班表，總把大夥兒累到體力崩潰的邊緣，但也因為這樣，她能幫楊佩佩縮短拍攝檔期，節約成本。

從一九八七年的《還君明珠》開始，湯莉娟一路從場記、副導，到今日調度拍攝進度的統籌，楊佩佩提她也忍不住誇讚：「她很認真，她排出來的班表非常精確，但對演職員而言也很殘忍。就像《官場插班生》，四十幾集的戲，我們五十天拍完，全靠她的調度。」

湯莉娟一路從場記、副導，做到今日調度拍攝進度的統籌，是楊佩佩非常倚重的得力助手。
（圖片提供／湯莉娟）

湯莉娟的角色，絕對是吃力不討好。有的導演在看了湯莉娟的班表後，恨恨地說想殺死她。初到他們劇組的演員，也會對這樣的工作量感到生氣。不過，當戲殺青的時候，他們又會感謝湯莉娟，因為早完工總比拖拖拉拉的好。

十幾年的相處，湯莉娟對楊佩佩有絕對的了解。她說：「她的個性雖然衝，講話直來直往，但很講理。當她脾氣來的時候，火頭上閃她一下，其實不難相處。何況，這麼些年下來，她已變圓融了許多。」湯莉娟看過不少楊佩佩暴跳的畫面，記憶中，楊佩佩有次發脾氣，罵人罵到眉毛都紅了。不過，這種場面近年已經少見。

在湯莉娟眼中，她這老闆在工作上相當有膽識，做事果決，絕對不會猶豫。尤其，她對角色的選定，眼光更是獨到，讓她深自佩服。

「在大陸拍戲，計畫趕不上變化快，隨時都有各種事情發生，不過，事情越大，我越鎮定，

第四章，獨當一面的製作人。

去過大陸拍戲的製作人，都有類似的經驗。那就是大陸地大、人多，會衍生的問題，也多到讓人無法想像。楊佩佩說：「我的工作，就是危機處理。在大陸拍戲，計畫趕不上變化快，隨時都有各種事情發生，常常讓我倒吸一口涼氣。不過，事情越大，我越鎮定，因為，我會先做最壞的心理準備，然後力求解決之道。」由於狀況多，楊佩佩自有她紓解壓力的方法，那就是「吃」，靠吃來壓驚。所以，每見她拍完一齣戲回來，體重就會增加一些。

沉穩應對突發狀況

楊佩佩被馬景濤尊為武俠宗師，不是馬景濤愛拍馬屁，而是她真的敢花錢，敢展現武俠電影才能呈現的氣勢。而要拍出這樣的作品，除了砸錢，還會有很大的風險，尤其是演職員的頻頻受傷，更讓她驚嚇連連。

《新龍門客棧》是她第一次在大陸拍的武俠戲，由於劇情描述邊關景象，外景於是拉到銀川拍攝。一場武行從幾層樓高的山崖，各扯著一把類似降落傘的道

前往大陸拍戲總有許多突發狀況，製作人的應變能力非常重要。
圖為楊佩佩在《笑傲江湖》外景現場的工作照。

具，為奇襲敵人而跳崖的場面戲，崖下雖然鋪滿空紙箱、海綿墊等保護措施，但或許因為地處空曠，風勢太大，只見那下湯圓般「咚！咚！咚！」往下跳的武行，一被風吹，就吹離了落點，一個個像斷線風箏般，「啪嘰」、「啪嘰」地往地上摔。一時間，腿折手斷的，哀嚎四起，嚇壞人也！壞事一起，就接二連三，甚至連開工坐車出班，工作人員無聊地把手往車窗外一伸，手指頭也能被路邊的樹枝削斷。這讓楊佩佩在延醫、賠錢外，也忍不住多擺香案，拜拜祈求平安。

《神鵰俠侶》在昆明拍攝之初，也是狀況連連。一場「小龍女」吳倩蓮與「尹志平」宋達民在滇池上划小船的戲（宋達民原本扮演全真教的「尹志平」，在昆明拍了一星期戲後，楊佩佩認為他

從崖上奇襲敵人的戲看來精采，拍攝時卻苦了武行們。

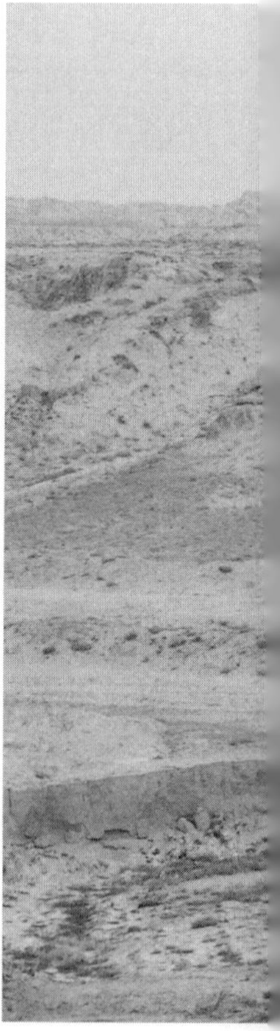

扮相太年輕，不像任賢齊這「楊過」的師叔，因此陣前換角，改由李志希演出），不知怎的，拍著拍著，小船綁在岸邊的繩子居然斷了，一眨眼，就看著小船往滇池深處漂去。

那船漂得好快，等岸邊的工作人員反應過來，距離已遠到不是游泳可以去拉回來的。工作人員打電話向公安單位求救，但因為人在滇池上，不知歸哪個單位管，電話轉來轉去，最後，楊佩佩花錢找到人開機動船出去找他們時，兩人的小船在氤氳滿布的池面上只剩一個小點，幾乎已經看不到人。這一漂，等吳倩蓮和宋達民坐著小船被拉回岸邊時，已是兩個鐘頭後的事了。

漂盪在浩瀚無邊的滇池上，可會害怕？宋達民坦承，他非常害怕，不過他是男生，不能在女生面前亂陣腳。而吳倩蓮則說自己並未害怕，其實她泳技不錯，只是怕弄濕了服裝頭飾，所以沒有嘗試游泳回岸邊。兩個各懷心思的人，誰也不說破，就這麼在小船上找話題聊天，等待劇組的救援。

在滇池上的劇組出事，在麗江邊這一組外景人員也有狀況。當時正在拍任賢

齊兼飾的「楊康」，與孫興的「郭靖」、夏文汐的「黃蓉」激戰，打到孫興、夏文汐連同馬車，墜入麗江的驚險鏡頭。既是驚險，落水那一幕當然由替身武行來演出，只是，奔跑的馬車繩子突然斷裂，繩子彈到代替夏文汐那個年輕武行的重點部位，讓他當場痛暈過去，在與另一個替身跌落水中時，腰背又直接撞擊水中突出的岩石，此時馬車跟著落水，不偏不倚地壓在那年輕替身的身上，但見他在水中載沉載浮，一會兒人就不見了。

那可是要了人命的，因為劇組為求畫面壯觀，拍攝的地點，還在世界知名急流之一的虎跳峽。在那樣湍急的水流中，受了傷的人哪還能掙扎上岸！所幸，替身的身上綁了鋼絲，所以即便被捲入急流漩渦裡，但工作人員仍然搶在緊要關頭，把他拉上岸，火速送醫急救去。

人落水，馬當然也落水。要救畜牲，更是得費上好大的功夫。在慌亂的救人行動中，眼看馬兒被急流沖走，原本已綁好鋼絲走入水中，準備要接著替身落水的鏡頭、演出水中掙扎求生畫面的孫興心生不忍，仗著身上有安全措施，與任賢齊合力，把馬也拉了上來。

離開多事的昆明，《神鵰俠侶》回到北京繼續拍攝。但是，厄運顯然還未遠

武行和馬兒一起跌入虎跳峽湍急的水流中，正奮力掙扎。

去。一名武行因為鋼絲斷裂，「啪嘰」一聲，在導演面前，摔了個手斷腳斷，眼珠子也因為重摔而凸了出來。武行被送到醫院，醫生說得立刻動刀，但手術後仍會殘廢。一聽殘廢，以後如何維生？那武行想到同行有個人的爸爸，是知名治跌打的中醫師，於是轉去看中醫。結果那中醫說，只要兩萬塊錢人民幣，包他好。於是，武行在朋友護送下，回劇組找楊佩佩商量如何診治。

在《神鵰俠侶》中，任賢齊飾演的楊康、楊過和孫興飾演的郭靖有許多精采對手戲。

楊佩佩說：「那畫面至今想來都覺得恐怖，他身上手腳因為斷了，都綁上護木固定，整個人就像是被釘在十字架上的基督。這樣如何移動？他是躺在板車上，由朋友踩著板車，送回來劇組的。當他被架進辦公室，我被眼前的景象嚇得心臟蹦蹦跳，看著他那隻凸出來的眼珠子，心想大概毀了，於是問他那隻眼睛還看得到東西嗎？他的朋友用手遮住他好的那隻眼睛，隔了幾秒鐘，他緩慢地跟我點點頭，我的心才稍微放寬些。」

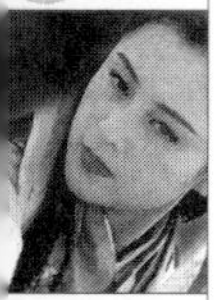

即使在受傷後，徐少強（右）、姜大衛（左）
仍照常上戲，不願影響拍攝進度。

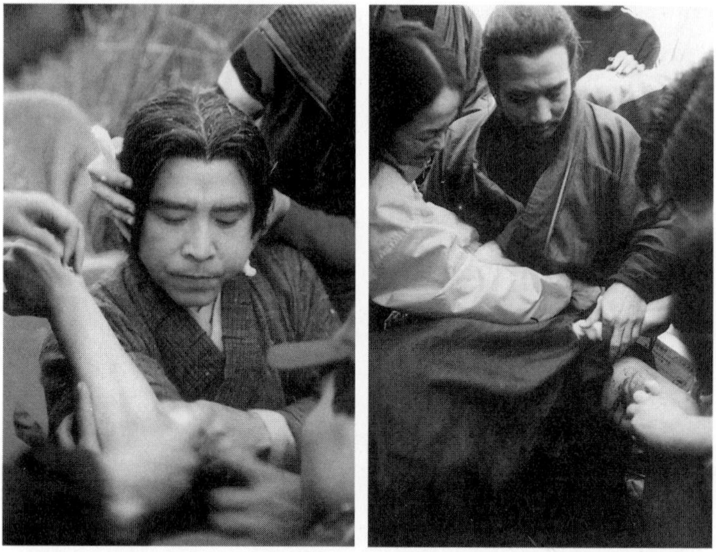

武行回來跟楊佩佩商量，不願在醫院開刀，想看中醫。楊佩佩同意他的選擇，付了中醫要的兩萬人民幣，再加兩萬人民幣給他就醫期間花用，雙方簽了切結書了事。神奇吧！兩個月後，楊佩佩再赴北京拍攝《女巡按》，這位曾被西醫診斷將終身殘廢的武行不只好了，而且，他還又回到劇組，幹起必須高來高去、專做危險動作的武行工作。

不過，《新龍門客棧》與《神鵰俠侶》的經驗，還不如《笑傲江湖》來得讓楊佩佩魂飛魄散，因為，這回可傷了他的演員與武術導演；一場在四川大佛前的爆破戲，除了爆破師，

姜大衛、徐少強與程小東也全掛了彩。

那場戲拍徐少強扮演的「向問天」，與姜大衛所演的「曲洋」，從數十丈高的大佛上，激戰打到水面上。為了展現兩人的功力，武術導演程小東請爆破師在水邊的草叢內安置爆破的火藥。只是，震撼的爆破聲響後，兩位主角立時感到身上有些刺痛。徐少強發現大腿內側鮮血直冒，知道受了傷；而姜大衛感覺左臉有些麻麻的，他還沒發現什麼大礙，周遭

拍武俠劇戲為求畫面精采豐富，演員和工作人員都必須付出加倍的努力。圖為《花木蘭》劇照。

的人已經驚呼連連，因為，就在這一瞬間，姜大衛的左臉頰已經腫出一個像蘋果般大的腫包，整個臉也因之變了型。

看到兩人受傷，當時站的位置也很接近的程小東，邊慶幸說自己好像沒受傷，邊用手在兩臂上摸，這一摸，不得了，他也是一手掌的鮮血。因為，爆炸四射而出的雷管碎片太細，就像被千萬根牛毛所刺一樣，雖然感覺不太出來，傷口卻是密密麻麻。當場，他們三人和手腳被炸傷的爆破師，立刻被送進了醫院。姜大衛因為傷在臉頰，而且相當靠近眼睛，處理起來頗為麻煩；尤其，四川的小醫院，醫生用一根針就戳進臉頰去找碎片，嚇得姜大衛連忙制止，只要求打消炎針、吃藥，他要回去香港再仔細診治。

一提到他們幾個，楊佩佩就滿心感激，直說他們真的很好、很能體諒拍戲的難處，絲毫沒有怪製作單位，也沒有怨天尤人。尤其，為了趕著殺青在四川的戲分，姜大衛即便臉腫得那麼大，每天依然出班工作；而徐少強因為傷了腿，不良於行，所以劇組幫他做了一個簡單的擔架，每天抬著他出班開工。徐少強腳不能走，擺起打鬥招式，還是相當唬人；而姜大衛碰上跳彈簧床的戲，也不會因為受傷而有所猶豫，照跳、照演，前輩的風範，連「東方不敗」劉雪華都欽佩有加。

姜大衛那麼個歪掉的大饅頭臉，怎麼拍戲？楊佩佩苦笑說：「他左臉腫是不是，我們就專拍右臉呀！只有遠距離的打戲，才模糊帶過。他們真的很敬業，如果不幫忙，我損失會很大。」

面子重過裡子的事業觀

很多製作人拍戲，一旦虧本，一定叫得全世界都知道。楊佩佩相反，她的很多齣戲，明眼人一對照製作費，就知道她虧了本，可是你問她，她絕對不說：「哎呀！不要說啦！說出來人家也不會相信！何況，說我虧錢，那不被人笑死，笑我智商有問題，才會做賠本的事！」

楊佩佩做戲，面子重過裡子，這是她賺不了錢最大的因素。即便作品已經完成，成敗已成定論，但在版權的處理上，她也會以「在哪裡播收視好？」作為買賣考慮的大前提，而不是一般人衡量的價錢高低。

以香港為例，以前只有港劇外銷台灣，似乎沒聽過買台劇去香港播。華視

《包青天》搶灘香港成功後，無線電視台的大老闆邵逸夫，有次碰到楊佩佩，問她有沒有興趣拍《包青天》的故事，楊佩佩當時做了《倚天屠龍記》，於是拿帶子給邵逸夫看，邵逸夫覺得不錯，因此無線電視台向楊佩佩洽購，最後以一集四千美金的便宜價，買下《倚天屠龍記》台灣、大陸之外的所有版權。楊佩佩說：「雖然價錢便宜，但當時對於能夠搶灘香港市場，已經感到相當高興。何況，《倚天屠龍記》播出後，還成為無線電視台那一年度收視最好的戲呢！」

《倚天屠龍記》的成功，的確打開楊佩佩在香港的知名度，因此，再拍《新龍門客棧》時，變成了亞視以高價跟無線電視台競購的場面。當時，無線台已經提高價錢，以一集一萬美金洽購，而亞視因為勢在必得，出價高出無線台一倍。

任何再沒數字觀念的人，也知道該把戲賣給亞視，可是，楊佩佩的考量不同於別人。在香港這個地方，長期下來養成的收視習性相當奇特，亞視再怎麼拚命，收視率都遠遠不如無線電視台，因此，楊佩佩為了要收視的風光，甘願少收一千多萬元台幣，堅持賣給無線電視台；這件事曾在媒體曝光，楊佩佩也等於把亞視給得罪了。

《倚天屠龍記》讓楊佩佩成功搶灘香港市場。圖為周海媚飾演的周芷若。

後來，楊佩佩把《神鵰俠侶》，賣給了亞視，她卻還是擔心收視率問題，結果，她居然拿出亞視所給的一半版權費，去香港幫忙造勢做宣傳，連同行都難以理解她的作法。也難怪楊佩佩面對盈虧問題，總是很鴕鳥地把頭一埋，道聲：「千萬不要說！說了人家不會相信，我也不要計算！」

孤僻緊張的個性

電視圈二十年，楊佩佩結交的知心朋友不多，主要原因在於從小個性被壓抑，長期下來，她不敢與人多所接觸，更甭談交際手腕了。

童年生活堪稱坎坷的楊佩佩，父母不能做她的避風港，甚至在父親的鐵腕教育下，讓她經常因為受體罰而感到丟臉、想躲開人群。正因為如此，她從小到大一遇陌生人就緊張，嚴重的不安全感，讓她經常面無表情地板著一張臉。不了解她的人，以為她驕傲，事實上，她的內心是隨時處於緊張不安的情緒裡。

以前，只要是她的戲要上檔，明天要試片，她從今晚就開始緊張。試片會上，簡單的幾句製作人致詞，她都得在前一晚就先擬好草稿，而且即便台下坐的記者、演員，乃至於電視台主管，都是平日熟悉的人，每次她站起來致詞，都還是緊扣桌沿的雙手抖個不停，說話的嘴角也因緊張而抽搐著。作為朋友的我，台下看她這樣好多年，總感到於心不忍，直到近兩年，她終於學會了放鬆，人也柔和了許多。

楊佩佩的緊張個性有多嚴重？說來一般人無法想像。曾有一次，她在紐約，突然整個嘴巴不能咬合。她去看醫生，照過X光片後，醫生發現她兩頰的韌帶鬆了，醫生說她太緊張，平常或睡覺時，一定都咬緊牙床。楊佩佩說不可

楊佩佩的《新龍門客棧》讓香港無線電視台和亞視爭出高價購買版權。圖為陳紅飾演的邱莫言。

能，醫生則指著她緊握的雙拳說：「怎麼不可能！你看，你現在跟我講話拳頭都握得這麼緊！」醫生告訴她，要根治的唯一辦法，就是自己隨時告訴自己：「放輕鬆！」

楊佩佩人際關係的疏離，到了拍戲現場更為嚴重。選角精準的她，憑藉的是自己敏銳的感覺，而定角之後，除了必要的公事接觸，她與演員總保持一定的距離。為何總如此公私分明？楊佩佩說：「我不要讓朋友的感情影響到工作。」也正因為如此，工作場合的楊佩佩更顯嚴肅。

還記得《新龍門客棧》從銀川轉到北京的「北普陀」拍攝基地，我曾去現場採訪。有天，一位工作人員做錯了事，楊佩佩把她叫到房間大聲斥責。我處在那環境下，甚是尷尬，也擔心我的存在，給那工作人員造成更大的難堪，所以走出房門，到走廊上遛達。原以為這尷尬場面不會持續太久，人又是在飯店裡，所以儘管外面氣溫接近零度，我也沒有多披外套。怎知，楊佩佩這一罵，罵了足足一個多小時，我冷得實在撐不下去，只好跑去侯炳瑩房裡「避難」。

雙魚座的楊佩佩，有著矛盾的個性；她雖然愛遲到，但有些時候卻相當急，幾乎說風就是雨。這樣的個性，在工作場合會少了緩衝迴轉的餘地，增加衝突。

還記得她第一次進大陸拍攝《今生今世》，有一晚，女主角周海媚因為收工的時間超過她跟楊佩佩簽約的工作時數，因此拒接第二天的通告。一些大牌藝人接戲，會在合約裡註明一天工作多少小時，不過，拍戲不像一般公司上班，不可能能準確預定何時能拍完這個場次的戲，尤其，有些場景租了或搭建了，今天不拍完，明天就得再付一次錢去租或搭，所以，有時提早收工有時延後收工，只要不是故意，大家都能通融。

那一晚，統籌湯莉娟告訴楊佩佩周海媚拒接次日的通告後，楊佩佩急呼呼地拿起電話，撥進周海媚房間：

「海媚！你為什麼不接明天的通告？」

「你找我經紀人談！」

周海媚大概累壞了，口氣冷淡。只是，她的經紀人在香港，這大半夜的，怎麼找人談？而大隊人馬在天津，女主角不拍戲，損失會有多大？於是，楊佩佩拔高嗓門，動氣地喊：

「你怎麼能不接通告？你是什麼東西啊？」

「我不是東西！我是人！」

周海媚冷冷地掛了電話，楊佩佩則氣得在房間打轉，兩人的關係，著實緊張了幾天；這齣戲之後，也不見她倆再合作。

在天津拍攝《儂本多情》時，編劇張炭也跟在劇組，編寫《帶子狼》的劇本。年紀輕輕的張炭，愛跟同劇的劉嘉玲、鈕承澤、屈中恆等人玩，但楊佩佩規定他每天得完成一定的篇幅，所以把張炭的房間安排在自己隔壁，沒事就去盯進度；當時，她每天點數張炭完成的稿紙張數，還自嘲好像在數鈔票。

楊佩佩直來直往的個性，一度造成拍攝《今生今世》時與女主角周海媚（右）關係緊張。

不過，道高一尺魔高一丈，楊佩佩盯得嚴，張炭卻溜得勤。有一回，張炭跟她說上樓十分鐘，結果一去兩小時還不見他回來，楊佩佩於是鐵著臉，搭電梯往演員居住的樓層找。她一出電梯門，碰到導演李惠民，他看楊佩佩臉色難看，馬上無辜地撇清說：「不關我的事喔！」楊佩佩沒理他，但聽到走道最裡間劉嘉玲的房裡，傳來好大聲的音樂；身為女主角的劉嘉玲，由於一樣大方好客，因此她的房間常成為劇組的康樂室，大家沒事就擠在她

房間喝紅酒、聽音樂、聊天。

楊佩佩直接走到劉嘉玲房門口，果然屋內黑壓壓一堆人。有人小聲提醒正樂著的張炭：「張炭！你媽（當時劇組人看楊佩佩管張炭的樣子，都戲稱她是張炭的媽。）來了！」楊佩佩對著張炭，用手指一指手腕上的錶，還沒發一語，張炭立刻站起來，吐吐舌頭從她身邊溜出去。張炭跑也就算了，屋內其他人也尷尬地跟著一哄而散，害楊佩佩對著主人劉嘉玲頗感不好意思，想找話說，又不知說些什麼。

這時，隔壁房間的劉雪華，正跟導演賴水清、大陸金雞獎影后宋春麗打麻將，有從劉嘉玲房裡「逃」出來的人，順手推開劉雪華的門，通知一聲：「製作來了！」霎時，但見賴水清把牌一推，就倉皇跑了出去。他跑，屋內其他人也慌慌張張地跟著跑，留下主人劉雪華一個，不知道究竟出了什麼事。

話說跑出去那一群，到了電梯口按電梯，有人喊：「不行！來不及坐電梯了！」於是大家推推擠擠地跑樓梯逃命去，由於太過慌張，根本忘了自己住幾樓，只是死命往下衝。宋春麗一邊跑，一邊納悶：「我幹嘛跑呀？不過就是打個小麻將，何況已經收了工，有什麼好跑的？」第二天，她把當時慌亂的情形告訴楊佩佩，自己好笑，也讓楊佩佩大感哭笑不得。

《儂本多情》不只拍出好口碑，拍攝期間，更因為有張炭、劉嘉玲、鈕承澤等愛玩鬧的人，每天工作雖然排得滿滿的，但他們總能偷時間，去古色古香的咖啡店喝咖啡、去迪斯可舞廳跳舞，大家建立相當好的「革命感情」。只是，楊佩佩的威嚴，卻隱隱「威脅」著他們。

有回，李惠民跟劉嘉玲因為提早收工，所以去喝咖啡，怎料楊佩佩隨後也來了。一看到楊佩佩，李惠民立刻站起來就走，走時還要解釋：「我今天拍很多場戲，都順利拍完了！」

《儂本多情》拍攝期間，大陸金雞獎影后宋春麗也與劇組人員相處愉快。

還有一次，幾個年輕人去跳舞，看到隨後溜去的張炭，隨口問：

「你媽呢？」

「在後面！」

張炭原是惡作劇，怎知大家嚇得全跑了。

因古董結識李翰祥

楊佩佩古裝戲拍多了，也迷上古董。初時，她買些中價位的，有錢時，再慢慢淘汰較差的。她收集家具，也收集瓷器，家裡沒有時髦的沙發，而是素雅的黃花梨或紫檀木製的家具；她曾在澳門買過十六萬元港幣一張的官帽椅，也花一萬五千元美金買了一張鴉片床，而她家古色古香的屏風，更讓來訪者讚歎。

因為迷上古董，楊佩佩與在北京蒐集古董出了名的大導演李翰祥結緣相識。楊佩佩每到北京，總會探訪李翰祥，聽聽李翰祥蒐集古董的經驗。有一回，她在李翰祥家，看到一尊泥燒的仕女娃娃，愛不釋手，李翰祥便慷慨地表示，將請製

作師傅幫楊佩佩燒一尊。為了陪楊佩佩拿這尊仕女娃娃，讓我因緣際會，成了李翰祥生前，最後一位到他北京團結湖家中專訪他的記者。

一九九六年隆冬的十二月七日，台灣製作人周令剛在北京近郊懷柔所興建的「飛騰影城」開幕，兩岸三地的影人齊聚，熱鬧非凡，我特地前往採訪，而楊佩佩帶了鈕承澤、屈中恆兩位《儂本多情》的演員也前往祝賀。會場上，李翰祥來了，他熱切地以大嗓門與現場影人寒暄，並當場約了楊佩佩，晚上去他家拿仕女娃娃。去李翰祥家？聽說那就像一座小型故宮，我當然不能錯過，當下決定與楊佩佩、鈕承澤、屈中恆四人，夜訪李大師家。

從「飛騰影城」驅車進城，我們摸黑問路，找了一個半小時，才抵達李翰祥位於北京團結湖水碓東里的住家。踏進那不起眼的水泥公寓一樓，我失望的心情直往下沉，哪知進公寓後，左穿右拐，攀上半人高的木梯，穿出一座窗檯後，映入眼簾的，竟是一棟擺設古色古香，到處是古董與字畫的兩層樓屋子。沒錯！那才是想像中李大師的住所。

正準備開飯的李翰祥，看到來了四個人，覺得菜色可能不足，拎起外套說要帶客人外出吃館子。不過，吃不是我們的目的，所以我們堅持已吃過飯，就是不肯出門，李翰祥這才吩咐擺菜上桌。在兩位女傭的張羅下，李翰祥在長桌前、慈禧太后畫像下的主位坐定，他面前的玻璃轉盤上，也立刻堆滿各式菜餚；李翰祥吃飯喜歡熱鬧，除了我們，他的女助理與男司機，也一起進餐。

助理與司機相當了解李翰祥，還未舉箸，已給每人斟上滿滿高腳水晶杯的進口紅酒。在自豪家中是「座上客常滿，杯中酒不空」聲中，李翰祥眼尖地很快識出我是座上唯一有酒量的，於是說：「乾！我知道你能喝！」頻頻的勸酒聲中，桌上很快就空出四只酒瓶，他的豪氣、他的酒量、他的大嗓門，在在讓人懷疑他已年過七旬。

酒精催化下，李翰祥得意地敘述他對兩岸電影的貢獻，也邀楊佩佩在戲劇上合作。他自豪地說：「有二十年的時間，我幾乎天天是影劇新聞的焦點。」談過往，他翻出早期在台灣組「國聯電影公司」的舊畫報，重溫江青、甄珍等資深影

從已故導演李翰祥手中獲贈的仕女娃娃，現在看來更顯得意義非凡。

星的種種；鈕承澤眼尖的看到鈕方雨畫報上年輕的照片，說：「那是我乾媽！」李翰祥轉眼瞧瞧這後生晚輩，笑得好得意。

牆上一幅崁字對聯，題著：「翰墨結緣蓮池張翠，祥麟獻瑞桃李含英」李翰祥滿臉情意地說，那是鄭佩佩的公公原順伯所提，把他跟妻子張翠英的名字都包含其中，而「翰墨」所言，就是指他當年寫情書勤追張翠英的意境。對於自己在大陸二十年的古董收藏，李翰祥雖得意，卻一直謙稱沒什麼，不過，身後那幅巨型的慈禧畫像，李翰祥倒是相當推薦，並且頻頻跟楊佩佩說：「這絕對是真跡！」

至於楊佩佩的仕女娃娃呢？李翰祥吩咐司機打包好，豪氣地聲明是送，否則兩萬美金也不賣，因為，那位師傅若非與李翰祥的交情，絕不可能再燒第二尊。看著我們好奇，李翰祥拿出自己那一尊，讓我們欣賞，怎知他酒醉手滑，一不小心，那泥娃娃在他桌前摔了個斷手斷腳。李翰祥滿口：「沒關係！粘上就好！」但神色上看得出疼惜與懊悔。

當天的訪談，意氣風發的李翰祥，雖然看不出人過七十的老態，但也透露著不敢與天爭命的心情。在問他今生最得意的作品時，他說：「以前，我會回答下一部戲。但是，現在年紀大了，我可不敢再這麼答了。」李翰祥果然有先知，知

道自己沒有下一部作品了，因為，十天後，他就因為心臟病發而猝逝，連手上正與大陸影后劉曉慶合作的電視劇《火燒阿房宮》都未能完成。

回想當夜離去時，他微醺的身子，倚身古董椅上送客的模樣，還歷歷在目，但如今，這人與物卻盡成歷史。而楊佩佩那尊仕女娃娃，返台後，也不見她拿出來擺飾，想來，她是想把跟李大師的「古董之交」，塵封在記憶深處。

楊佩佩很愛算命，

而所有的命理大師，都說她命中注定與家人緣分相當淺薄。

[illegible]她生命中三個重要的男人，父親、老公與兒子。

第五章，春去春又回的戲劇人生。

楊佩佩很愛算命，而所有的命理大師，都說她命中注定與家人緣分相當淺薄。尤其是她生命中三個重要的男人——父親、老公與兒子。

父親

籍貫廣東的楊佩佩，從小生長於屏東潮州，在三女一男中排行老大。由軍職轉任教職的父親，對孩子採取的是嚴格的鐵血教育。

楊佩佩從小調皮，總是帶頭闖禍。在鄉下，她是十足的野孩子，總愛跟男生下河裡撈魚、抓青蛙等等，膽子奇大無比。記憶中，她曾經用彈弓把鄰居家的玻璃窗打破，鄰居找上門告狀，要求賠償；那頓打，她被父親打到皮開肉綻。

挨打，在楊佩佩的童年生活裡，是家常便飯。爸爸警告她，只要他下課回到家，看不到楊佩佩，不只要打，還不讓吃晚飯。楊佩佩說：「我幾乎每天都比爸爸晚回家，不是我不怕打，而是玩的時候，根本瘋得忘了這條戒律。等同伴散去，要回家時，才開始覺得害怕。」

排行老大的楊佩佩，雖然時常被父親痛打，但脾氣還是很硬。

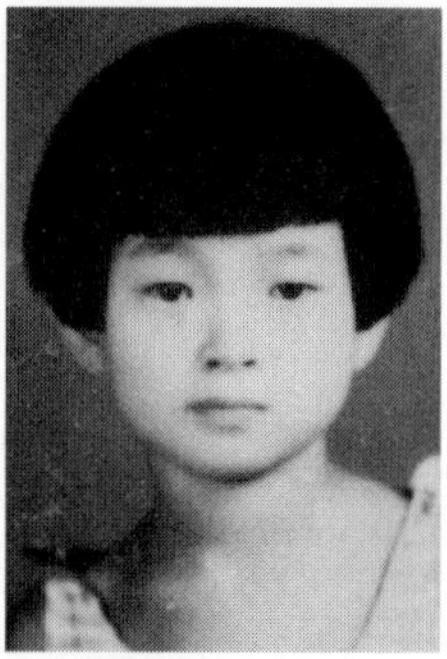

楊爸爸打小孩非常凶，經常吊起來用皮帶抽或棍棒打。他每次「執法」前，會先問：「幾下？三十下！」其實，過了十下以後，挨打處已經麻辣得沒啥知覺，所以打多少下，楊佩佩說：「感覺都一樣啦！」

弟妹們挨打，總會哭喊「下次不敢啦！」高聲求饒，可是楊佩佩挨打，從來不哭喊。因為，她覺得若哭喊引來鄰人注目，是很丟人的事。只是，她不吭聲，爸爸更火，打得更凶。有一回，她甚至被爸爸綁在墳場過夜。那一次，饒是這「楊大膽」也嚇破了膽。

又有一回，爸爸要打她，關上房門後，楊佩佩眼看擺了十幾根原本用來當竹掃帚軸心的棍子，心想不妙，會被打死，因此高喊妹妹：「莉莉！快去找李伯伯來救命！」楊家管教小孩相當嚴厲，附近鄰居沒人敢過問，唯有李伯伯敢來勸阻楊爸爸。也許是真的怕被打死，從來不喊叫的楊佩佩，居然在挨打時，高喊救命。她這一喊，爸爸也嚇到了，於是用雙手掐緊她的脖子，當場把楊佩佩掐昏死過去。當李伯伯踹門進來搶救，弄了好一會兒，楊佩佩才悠悠醒轉。只是，她的脖子上，已被掐出好深的一道印子。

媽媽因為跟爸爸感情不睦，所以很早就離家出走。身為老大的楊佩佩，從此得身兼母職。每天，天色還沒亮，她就得起床做早餐兼中餐，然後趕第一班公路局的車子去上學。因為，她家在班車的中途站，雖然每隔半小時就有一班車子，但是，如果沒有趕上第一班車，接下去的班車因為上班、上學的人潮太多，總是班班車到她家那一站之前就客滿。而客滿的車子，到站是不會停的。

下課回家後，楊佩佩得先去買菜、做晚餐，然後洗全家衣服。等到要做功課時，已是精疲力竭。楊佩佩回憶，那時去趕公車途中，會經過同學家，總會從窗口看見同學媽媽在幫同學做便當。同學便當的菜色，經常變化，讓她好生羨慕。

羨慕歸羨慕，楊佩佩也能幹得很。由於父親當教師，每個月有配給的麵粉，加上家裡養雞有雞蛋、信奉天主教有牛奶可以領，所以她總會從報章上學習一些糕點餅乾的作法，然後就靠著家裡那把平底鍋，做出讓弟妹們讚不絕口的點心。甚至，她還曾在中秋節時，做出讓弟妹們垂涎三尺的月餅呢！

那時鄉下流行養鳥賺錢，爸爸也跟進。不過，等他養時，已到潮流尾聲，所以沒賺到錢。後來爸爸又聽說養安哥拉兔能賺錢，所以在家裡養了一大堆兔子；兔子要吃蕃薯葉，雖然一塊錢就可以買一大把，但爸爸不要花這錢，所以楊佩佩

得利用屋後空地種蕃薯。

結果養兔子又沒賺到錢，只能拿來當食物囉！這下子可難倒楊佩佩了，殺雞、殺鴨她都沒問題，但一直以來她都把兔子當寵物，何況自己屬兔，要殺牠們，情何以堪？但是，在父威逼迫下，即便天人交戰，楊佩佩還是做了。她說：「我參考了一些農會印發的指導手冊，其實殺兔子並不難。我只要在兔子手掌上切個『丁』字口，然後把皮往外一翻，整張皮就可以剝下來。」只是，楊佩佩殺兔子，但絕不吃兔肉。

楊佩佩小時候挨打，是因為調皮。但在媽媽離家後，她所受的打罵，常常是些莫名其妙的因素。

初中念的是爸爸執教的學校。還記得有回考試，輪到爸爸監考他們這一班。爸爸才進教室，考卷還未發，就對著她喊：「楊佩佩！跪下！」眾目睽睽下，不知自己身犯何罪的楊佩佩，直覺丟死人了。尤其，當隔壁班的同學也過來圍觀時，她更覺得沒面子，淚水忍不住潰堤。「我那時候經常有自殺的念頭，常常會自問：『我活著是為什麼？』」

緊繃的父女關係，在纏訟多年的父母離婚官司上，終告破裂。出庭前，父親

要幾個小孩作對自己有利的證詞，但楊佩佩同情母親，跟父親唱了反調。法庭上，但見父親投來殺氣騰騰的目光，楊佩佩心如明鏡：「這個家，我回不去了！」於是，還背著高二書包的楊佩佩，直接就從法庭離家出走，隻身北上了。

丈夫

才十六、七歲，楊佩佩就認識了她未來的老公。這位徐先生大楊佩佩二十歲，楊佩佩說，之所以會看上這麼大年紀的人，主要是自己從小得不到父愛，戀父情結使然。徐先生當時事業有成，又是單身。楊佩佩的同學在他公司半工半讀，楊佩佩有回去找同學，兩人因此而認識。

高中沒畢業的楊佩佩，是以同等學歷，到淡江大學國貿系選讀。逃家的艱困環境中，為何還一定要念書呢？「爸爸從小一直告誡我們姊妹，說念書的文憑，是最好的嫁妝。也許，就是這個根深柢固的觀念，所以再怎麼苦，我都堅持要念書。」

徐先生是個正人君子，雖然喜歡楊佩佩，但她畢竟還年輕，因此總以長者之姿，資助離家在外的楊佩佩。可是，正值青春年華的楊佩佩，就如一隻艷麗的花蝴蝶，總招惹來成群追求者，環伺左右。其中，一位楊佩佩以乾媽相稱的將軍夫人，有個已婚的兒子，卻對楊佩佩產生無法自拔的痴戀。他瘋狂的行徑，甚至會拿槍以命相脅。

對方有次車禍昏迷，加護病房內只囈語著楊佩佩的名字。乾媽心疼愛子，請楊佩佩去看他，照顧他醒轉，這一來，更加深對方的痴纏。楊佩佩害怕，在跟乾媽、徐先生商議後，放棄在淡江大學一年級的選讀，隻身遠赴香港，並且順利轉學進珠海大學。

正值青春年華的楊佩佩，身邊總有許多追求者，也給她帶來不少困擾。

楊佩佩到珠海大學，由於對方承認淡江的學分，所以順利插班進二年級。只是，這回她念的不是國貿系，而是社教系。楊佩佩有點糗地說：「因為國貿系的課本全是原文書，我看著像無字天書，頭都大了。只有社教系的書本是中文的，所以我選擇社教系。」

十八歲到香港，那是楊佩佩一生中最快樂的日子。因為生活、學費有人照應，楊佩佩雖然居住在簡樸的女青年會，但每天除了上學，就是跟同學泡在迪斯可舞廳裡。她，正如時髦的香港少女一樣，瘋狂地愛上跳舞。年少體力佳，舞池裡一蹦幾小時，她都不需要下來休息。

這期間，唯一的不愉快，還是那位痴戀她的將軍之子。他找到香港，甚至為了讓楊佩佩在香港待不下去，竟然向移民局誣告，說楊佩佩在香港當舞女。這事情不難查證，楊佩佩居住在門禁森嚴的女青年會，別說會館大門晚上十點鐘就深鎖，就連電話找人，也不是太容易的事，當然不可能做舞女。不過，這件事並沒有對楊佩佩沒造成多大困擾，因為很快地，她就陷入一場糾結一生的熱戀。

那時有個比楊佩佩高兩班的學姊，跟楊佩佩不錯，學姊很驕傲地告訴楊佩佩，認識了一個很有錢的邱姓少爺。有一天，她們兩人在尖沙嘴碼頭碰到了這邱姓少爺，而他旁邊還站著他哥哥，這哥哥對楊佩佩一見鍾情，此後天天到女青年會找她。

邱家哥哥原本在英國念書，那年暑假回香港認識了同年齡的楊佩佩，兩人展開熱戀。這段戀情，是楊佩佩最甜蜜的回憶。她說：「我一直都很愛遲到，他每次來女青年會找我，我總東摸西摸的，不讓他在樓下等個一兩小時，我就是不出現。有一次，他弟弟忍不住跟我說：『楊小姐！你可不可以不要每次都讓我哥哥等那麼久？』」

暑假結束，邱家哥哥回英國繼續學業，但總拚命找各種節日回香港看楊佩佩。二十歲那年，邱家哥哥告訴爸爸，要跟楊佩佩結婚，邱爸爸不肯，於是把兒子送去印尼。怎知邱家哥哥偷偷帶了楊佩佩一起去，兩人還在印尼公證結婚。

以楊佩佩的身世，邱家怎可能認她？於是，邱家哥哥被送回英國，而且斷絕他的經濟援助，切斷他跟楊佩佩的任何聯繫。這甜蜜的小倆口，硬生生遭到拆散，而邱家哥哥也就此沒了訊息。好強如楊佩佩，怎堪遭受如此的挫折？明明如此相愛，怎的他就突然從這地球上蒸發了呢？她在對邱家哥哥傷心、失望之餘，選擇回台北，並且跟徐先生結婚。

沒想到，楊佩佩要結婚，將軍之子又出來鬧場了。他拿了槍去找徐媽媽，把楊佩佩說得一文不值，但他自己因為今生欠了楊佩佩情債，所以一定要和她在一起。這一鬧，讓徐媽媽對楊佩佩印象大壞，不過，一向對楊佩佩呵護有加的徐先生，堅持要做楊佩佩情感的避風港。

楊佩佩承認，她並不是那麼愛徐先生，尤其在與邱家哥哥熱戀後，她對徐先生的感激與敬重多過一切。但是，在感情上，她一如往後對金錢的態度，愛面子勝過裡子，此時的她，認為只有回頭找徐先生，才可以忘掉邱家哥哥，可以掩飾邱家哥哥不告而別的挫敗感。

二十一歲，楊佩佩嫁做徐家婦。那一年歲末，兒子呱呱落地當日，婆婆過世。而造化弄人，才僅僅二十三歲，就因徐先生心臟病發，楊佩佩當了寡婦，她遺憾說：「當時孩子在襁褓中，半夜經常得起床，影響白天得上班的老公睡眠，因此，我老公有時候就睡在客廳。出事當晚，他就因為獨自睡在客廳，沒有人發現異狀而失去搶救的機會。等我隔日要喊他起床時，他的身體都已經僵硬了。」

兒子

楊佩佩說：「我跟我兒子命中相剋，所有算命的，都叫我們要分開，等兒子三十歲以後，我們才可以在一起。」其實，不管是否命格上注定，由於出生環境使然，兒子從小就是個獨來獨往的鑰匙兒童。也因此，儘管他才九歲就被送到美國，而且住在寄養的陌生美國人家裡，但他堅強地承受一切。

還記得小時候相處那幾年，楊佩佩篤信算命先生所批「貴子」的命盤，因此死命在兒子課業之餘，為他培養各種才藝，舉凡鋼琴、英語、游泳、珠算等等課程，只要坊間有的，她一定讓兒子上；她就是要訓練出一個文武全才的「貴子」。有一次，兒子畫圖給他阿姨看，阿姨誇說畫得好，叫他拿給媽媽看。結果，兒子二話不說把圖給撕毀。因為，他知道如果讓媽媽看了，會有後續的麻煩——再上一堂圖畫課。直到多年以後，兒子才告訴楊佩佩，小時後那樣被逼著上許多才藝課，曾有過自殺的想法。

還好，楊佩佩因為忙於投身電視工作，無法照顧他。加上那時兒子對台灣潮濕的氣候嚴重過敏，經常拖著兩條鼻涕，每個星期都得自己上醫院打兩次針，健康上也需要換環境。因此讓他當了小小留學生。

楊佩佩為全力發展事業，也為了算命先生的指示，從小就把兒子送到美國念書。

▼楊佩佩盡其所能地栽培兒子，希望他能成為真正文武全才的「貴子」。

兒子一去二十年，他很懂事，知道母親加諸自己肩上的重擔，所以從小就會幫寄養家庭洗車、剪草皮等，為自己賺取零用錢。紐約大學念書期間，他更立定志向，將來要賺大錢給媽媽。害得學校老師找楊佩佩懇談，是否給了兒子太大的金錢壓力？

兒子大學畢業後，與三個哈佛畢業的高中同學構思，想要開一家網路軟體公司。楊佩佩為了支持兒子，吃力的籌了二十萬元美金，匯給兒子創業。怎料，這四個年輕人，在短短兩年多的時間內，就給自己打造出億萬的身價。楊佩佩說：「其實公司開了一年，就有人開出兩千萬美金的價錢，想收購他們公司。當時我兒子交代我別講，但我實在太高興，所以就到處說，讓他很生氣。所以，最後他們公司以兩億五千萬美金賣給微軟公司，我兒子是直到交易完成，大夥兒去慶祝時，才告訴我。至於他分了多少錢，他沒說，我也不想問，反正我是很高興。」

兒子賺錢，還牽扯出楊佩佩另一段趣聞。一九九七年秋天，楊佩佩因為對自

己長期一個人在大陸拍戲，感到相當疲累，加上自己的戲，因為手筆太大，只賺個風光卻撈不到錢，所以她想在自己高峰時退下，不要等到已經不行的時候，才可憐地遭到淘汰。

由於有著這樣的想法，她在一趟隨大陸朋友上五台山朝聖時，對著山上五爺廟的五爺許願，如果讓她有個三億元台幣，她將請戲班子上山唱戲酬神。為何是三億?她說：「不知道!我總覺得有個三億在身，那就可以不用做事了!」

當真是無巧不成書!一九九八年，兒子的公司賣給了微軟公司。越洋電話那一頭，兒子告訴她，將給她九萬股的微軟公司股票。當時，微軟股票一股是一百二十塊美金，算一算，恰巧是三億多台幣。千禧年三月，兒子把股票過戶給楊佩佩，從此，楊佩佩也跌入恐怖的歲月中。

話說那股票從過戶起，就如同吃了瀉藥一般，一路往下跌。楊佩佩說：「人的貪念真的很可怕，就因為我一直執著自己握有一千萬美金的股值，所以當它變八百萬、七百萬時，壓根兒就無法接受。我一再籌錢融資，誰知它還是一路探底。我的日子變成天天做惡夢，夜夜無法成眠。」

「那年十二月，我在股票跌到最低點，一股只剩四十二塊美金時，下決心賣

了。當晚，我睡了八、九個月以來的第一場好覺。可是，第二天開始，我又不能睡了，因為股票在我賣掉之後，居然天天看漲了。」經過這樣的折騰，兒子給楊佩佩的一千萬美金股票，扣除融資的錢，剩下不過一百多萬美金了。

大筆財富在楊佩佩手中過往，讓她的心情有如坐雲霄飛車，她當然想到了五台山上許願的承諾。楊佩佩說：「其實，一九九九年我拍完《笑傲江湖》時，就找了戲班子要上山酬神。可是，戲班子在整車出發前，有團員摔斷了腿，他們認為這樣的徵兆不吉利，所以不肯上山。後來，我有一段時間沒進大陸拍戲，所以唱戲酬神的事，就這麼耗了下來。」

千禧年楊佩佩幾乎都在跟股市奮戰，等她眼看大筆財富來了又去，鐵了心情再回戲劇製作行業時，五爺的酬神令來催了。有天，楊佩佩到北京一位佛爺那兒，有個從台灣去的佛爺信徒看到她，如釋重負地說：「啊！你是楊佩佩？太好了！我正不知道怎麼找你！昨天晚上我作夢，夢到有個好宏亮的男人聲音喊著：『叫楊佩佩來還願！』」

楊佩佩這一聽，哪敢再延遲！二〇〇一年的秋天，她乖乖上山還了願。楊佩佩說：「這還願過程還真是受盡波折！我們約好下午三點給五爺唱戲，為了不耽誤行程，大隊人馬一大清早就從北京出發。怎知，這一路車子老是拋錨，波折不斷，等到我們上了山，我點好鈔票交給戲班班主，鑼鼓點響起，時間正好是下午三點，絲毫沒有耽誤五爺看戲！」神吧！五爺！

話題再轉回楊佩佩的「貴子」。賣了公司後，這輩子已經不愁吃穿的他，依買賣公司的契約，留在原公司上了一年班，然後展開個人的世界之旅。潛意識裡，他有文人夢，因此，他寫遊記、寫心情。這愛心滿滿的年輕人，還曾在短短回台的幾個星期裡，到花蓮慈濟感受佛法的洗禮與心靈的大愛，也立願廣被愛苗。賴聲川、丁乃竺看過他的英文手札，認為相當優秀，這讚美，加深他「轉行」的念頭。也不管楊佩佩願意與否?今年，他又回大學念文學去了。他告訴楊佩佩，今後想做的，是百年樹人大業。

叫楊佩佩既驚又喜的是，今年初，兒子的女朋友，給她生了個孫子。兒子結婚與否，楊佩佩不干涉，不過，酷愛算命的她，又給孫子算了個命。答案是，孫子的命，比兒子還要「貴」。老天送來「萬金孫」，樂得楊佩佩一拍完《如來神掌》，立刻飛美國抱孫子去。甚至，為了讓兒子專心念書，也想彌補自己對兒子小時後的虧欠，她還計畫把孫子帶回來照顧。

聽說楊佩佩要帶孫子回來，周遭幾個要好的朋友甚是緊張，頻頻要求她：「小孩帶回來別說是你孫子，否則我們都跟著老一輩了！」楊佩佩也尷尬：「真的！我朋友中，沒有人當阿媽的！」楊佩佩告訴兒子，說朋友們都說小孩帶回來後，別說是孫子。兒子疑惑：

「為什麼？」

「當了奶奶就不好意思date啦！」

「媽！妳還要date呀？」

「啊……」

春去春又回？

一九八九年，楊佩佩製作一齣膾炙人口的好戲《春去春又回》，並一舉奪下一九九〇年金鐘獎「最佳連續劇」大獎。不過，這齣戲拍攝的同時，楊佩佩十八歲那段刻骨銘心的戀情，居然戲劇性地重新來過，她本身的「春去春又回」頓時成

為電視人茶餘飯後的熱門話題。

楊佩佩在香港珠海大學念書時，認識了家裡曾經營香港某電視台的邱姓男友。男友跟她同年，一直在英國求學，他是在回香港過暑假時，與楊佩佩一見鍾情，快速陷入熱戀。暑假很快過去，小倆口依依不捨地分別，邱先生又回英國繼續課業。只是，心繫香港佳人的他，除了頻繁的通訊，更想盡辦法，利用復活節、聖誕節等假期，回香港與楊佩佩相聚。

二十歲那年暑假，邱先生跟家人表示要跟楊佩佩結婚，但遭反對。為免夜長夢多，邱爸爸把邱先生送去印尼，一來熟悉設在印尼的家族事業，二來避開楊佩佩。但是，邱先生也有自己的對策，他把楊佩佩帶在身邊，一起去印尼度假，並且希望以先斬後奏的方式，在印尼跟楊佩佩公證結婚。

婚是結了，但邱家不承認。邱爸爸一火，再把邱先生送回英國，並且斷絕經濟支援，迫使他跟楊佩佩分手。就這樣，從相戀到完全斷訊，楊佩佩兩年半的甜蜜戀情，無疾而終。這個打擊，對酷愛面子的楊佩佩而言，是相當沉重的。她苦等無著，繁華的香港變成她的傷心地，二十一歲的她，只好落寞地回到台灣，並且在徐先生的照顧、呵護下，嫁作徐家婦。

漫漫十九年過去，楊佩佩早已成為台灣知名的女製作人，她的作品在國外的影展中更成為華人的最愛。那一年，農曆春節假期結束後的第一天上班，楊佩佩去台視參加春節團拜時，值班的總機給了她一個電話，說是一位邱先生在大年初一打來的，他們不能隨便把楊佩佩的電話給對方，所以叫對方留電話。只是，事隔多日，對方留的是飯店的電話，不知是否還在台灣。

看到那個「邱」字，楊佩佩直覺就是那個潛伏自己心海十九年的人。她一顆心蹦蹦跳，強抑緊張、不安、興奮、苦澀等等理不清的情緒，回家撥通了電話。電話那頭，果然是那個難忘的情人。

戀情又回來了！原來，他當年受迫於家族的壓力，忍痛割捨對楊佩佩的愛戀，留在英國成家立業。只是，他跟楊佩佩一樣，始終無法忘記對方。一次，在坎城影展上，他看到台視所設的攤位上，展示著楊佩佩的作品，於是積極打聽錄影帶上標示的「製作人楊佩佩」，是否就是埋藏自己心海裡的那個楊佩佩。並且，利用來台洽公之便，展開尋人之旅。

楊佩佩完全體諒對方當年的不告而別，兩人無須多說，感覺完全回來。邱先生認真地去印尼把當年兩人的結婚登記給找出來，並且在台北登記了兩人的婚姻。至於他英國的婚姻，則積極尋求解決方案。

楊佩佩的春去春又回，給了圈內人許多感觸。當時經常幫楊佩佩連續劇製作主題曲的李宗盛，據說就是因為聽了這個故事，寫下《鬼迷心竅》這首歌。而主演《春去春又回》的夏文汐，更因為受到這段戀情的感染，強烈的想要有個穩定的情感避風港，因此在認識黃冠博後，閃電的結婚去了。

楊佩佩與邱先生，在台北過著只羨鴛鴦不羨仙的快樂日子，但邱先生的英國婚姻，卻因為家族再度涉入，遲遲無法解決。楊佩佩為恐他們在台的婚姻會給邱先生在英國的離婚官司上增添困擾，因此說服邱先生去戶政事務所撤銷結婚登記。在戶政事務所，他們愉快、恩愛的模樣去辦「離婚」，看得戶政事務所的人一頭霧水。

楊佩佩篤信佛法，每隔一段時間就會去印度、不丹等地朝聖。

由於爸爸與岳父聯手，涉入了自己的事業，邱先生的英國離婚，困難重重。有一回，邱先生要飛美洽公，而楊佩佩則要去印度朝聖，因此兩人一起到機場。在機場，他們甜密的約定，等楊佩佩朝聖後，就打電話給邱先生，然後約定地方

碰面。當時並沒有行動電話，楊佩佩去印度、不丹一個多月，回到台北，立刻打電話找邱先生。可是，這個親密的愛人，卻又從她的世界中消失了，任憑她怎麼留話，就是得不到回音。

算算楊佩佩二度與邱先生相聚，前後又是不多不少的兩年半。她的春回春又去，這次因為圈內人知道的不少，因此讓她很難堪，她幾乎把自己躲藏起來，自閉了好長一段時間。不過，她心中沒有恨，她說：「也許，這就叫作愛到深處無怨尤吧！」

已成爲兩岸三地招牌最響亮的製作人之一的楊佩佩，
雖然在工作上總是獨當一面、指揮若定，
拍攝現場再複雜的狀況都難不倒她，
然而，跟自己切身相關的小事，卻有許多令她苦惱不已。

第六章，大製作人的小苦惱。

已成為兩岸三地招牌最響亮的製作人之一的楊佩佩，雖然在工作上總是獨當一面、指揮若定，拍攝現場再複雜的狀況都難不倒她，然而，跟自己切身相關的小事，卻有許多令她苦惱不已。

傲視群雌的雙峰

楊佩佩很討厭人家注視、談論她的胸部，可是她偏偏生來一對讓人不能「忽視」的高聳雙峰。很多圈內人會在背後討論她的胸部，尤其是女性，也許是忌妒心作祟，總說她是做的——楊佩佩的確想過去「做」，但是要做小而非做大。

小時候野得像男生的楊佩佩，初一隨著家人從屏東搬到高雄路竹。到了新環境，所有的人一看到她，都誇說這女孩好秀氣，一被人家稱讚，楊佩佩突然變了性，連外型也跟著變斯文，十足的小女人模樣。

小女人最不能忍受的，就是自己發育比同年齡的女孩好。也不知是否因為自己好吃，經常用牛奶、雞蛋、麵粉等做點心吃，總之自己的胸部，就是壓抑不住地往外凸。還記得高一時，只要楊佩佩經過男生班，就會造成那個班級的轟動，所有男生都會擠到窗戶邊，對著她大喊：「聖母峰！聖母峰！」楊佩佩說，當時的感覺，除了丟臉，就是生氣！

秀氣的臉蛋，加上傲人身材，可有許多追求者？她說：「鄉下地方比較保守，只會在我抽屜裡放信。可是我不敢看，更不敢交男朋友。那時候搭公車上學，公路局車子的班次是固定的，班車時間到我就得回家，否則會被爸爸打死。」

楊佩佩因為對自己超大的胸部感到自卑，所以一直像鴕鳥一般，不願真正面對自己的上圍，只用約略的想法，再自動打點折扣，給自己買D罩杯的胸衣；雖然擠得很不舒服，但她從來沒想過是自己胸衣穿小了。

一對讓人不能「忽視」的高聳雙峰是楊佩佩長久以來的苦惱。

直到前兩年，她赴香港洽公，經過一家專賣某日本品牌的塑身女性用品店，靈機一動，想進去買幾套塑身衣。只是，她自己提的尺碼與售貨員專業的目測有差距，對方告知合身胸衣對健康的重要性，並溫和有禮地表示可以幫她量身，選擇合適的胸衣，她才知道自己的上圍有多麼的雄偉：尺碼是三十八H！

這麼高聳的雙峰，也難怪楊佩佩排斥。她說：「上圍太大，負擔好重，讓我常常感到肩膀痛，穿起衣服更不好看。很多人懷疑我是假的，我就不明白，如果去做，做這麼大幹什麼？事實上，我一直很羨慕胸部小的朋友，因為她們能把衣服穿得比我好看。」

曾經，她與好友去洗三溫暖，對方建議她不如去動手術做小。楊佩佩一聽，很來勁兒，馬上去找醫生。醫生說要先做乳房攝影、驗血等動作，並問她為何要做小。在得知楊佩佩並無健康因素，只為觀瞻後，醫生對她剖析：「胸部做大容易，做小難。因為除了要平整的切除乳房的肉，更會因此破壞乳腺。手術後除了會留下疤痕，更重要的是以後變天下雨時，會產生疼痛。」這一說，嚇得楊佩佩打了退堂鼓，只好繼續留著她美麗的負擔。

減肥奇女子

認識楊佩佩二十年，也看她減肥減了二十年，舉凡坊間有的招式，沒有她不曾嘗試過的。我常說，要賺楊佩佩的錢很簡單，只要告訴她什麼東西能減肥，她一定買。

楊佩佩生來臉尖、手細、腳細，凡是露在衣服外面的肢體，都相當秀氣，不過，或許為了支撐雄偉的胸部，所以肩背的肌肉頗為發達。她常恨恨地說，自己長得虎背熊腰。其實沒那麼嚴重，熱中運動的她，身上並沒有多少贅肉。所以，我每聽她又開始另一項減肥運動，總忍不住調侃她：「你無須減肥，要減的只是胸部罷了！」

【運動篇】

楊佩佩是個相當有毅力的女性，為求減肥，她常上健身房，在老師指導下，

汗流浹背地一運動就是兩個小時。後來，她嫌上健身房麻煩，所以買了跑步機等運動器材，在家裡請老師指導，做的時間也更久。

近幾年，她跟中視幾位好友，迷上爬山，只要她在台北的日子，總是天亮就起床，開車到內湖山下，然後下車往山上爬，一爬又是兩、三個小時。甚至，她還曾去學過相當耗費體力的交際舞，也練過氣功等等。大量的運動，讓她鍛鍊出相當好的體力。

【推脂按摩篇】

由於楊佩佩並不是一般人的肥胖，她只是需要減掉某些部位的肉，因此有人建議她推脂按摩來減肥。她請了按摩師，每天在肩背以及上手臂等地方推脂，每次花上兩、三小時。最熱中的時候，連去上海拍戲，她都請按摩師同行。

拍攝「如來神掌」期間，她發現用拔罐的方式，在手臂上吸緊肉後，再用力貼肉把罐子往下拉，說是能消除贅肉，讓手臂看起來細一些。拉著、拉著，她還興奮地打電話告訴我：「我這樣拉拔，會拔出黃色的液體耶，能排毒喔！只是，

流液體的地方都破皮了，好痛！現在外面那麼熱，我不敢出門，因為穿衣服碰到會痛，出去流汗更痛！」我一聽，不得了！趕快阻止：「你別再拔了！那不是排毒，那是你弄破了皮，流出體液啦！別受了感染，弄出人命喔！」

【藥物篇】

舉凡藍色小藥丸等西藥、中藥，貼的、擦的，或者上診所針灸、薰肚臍、大腸水療等等，她也都一本「白老鼠」的心態，熱中試驗。曾經出過問題的減肥菜，她也買過，還好當時菲傭不在台北，因為沒人幫忙煮，她就先放著；一放，放爛了，等菲傭回來時，減肥菜出問題的新聞報導也出來了。看著電視新聞，楊佩佩咋舌，直呼：「好險！」

【斷食篇】

斷食也是減肥的熱門招式，楊佩佩試過三次，一次八天，其中兩次只喝水，一次乾脆吃空氣。

什麼叫吃空氣？那就是用觀想的方式，把空氣當食物，張口吃一口空氣，然後咀嚼、吞嚥。由於吞的是自己的唾液，楊佩佩說真的不會餓。她說：「最難熬就是第二、第三天，過了這關鍵期就不難了。我當時在雲南拍戲，斷食到第四天時，我已經可以在劇組回來晚餐時，上餐廳找他們談論進度等。他們吃他們的飯，我吃我的空氣，一點也不受影響。」這樣的滴水不進，體重當然迅速下降。只是，階段任務一完成，再開始進食後，體重又回來了。

身材並不胖的楊佩佩卻非常熱中於各種減肥秘方。

【抽脂篇】

因為持續運動，楊佩佩身上並沒有太多的脂肪，但是，熱中減肥的她，還是嘗試了抽脂手術。而且，她相信美國的技術，所以花大錢去美國做手術，只是這趟美國行，差點要了她的小命。

話說這美國醫院的昂貴收費，是讓就診者在手術後，住進一家與醫院連鎖經營的飯店內，顧客沒有住醫院的恐懼感，醫院則派專門醫護人員定時到飯店裡做換藥等動作。楊佩佩抽了肚子的脂肪後，雖然住在旅館內，仍覺得寂寞，於是她搬到附近的朋友張俐敏家。住了幾天，由於她的房間西曬，悶熱出汗導致傷口發炎，她不好意思跟張俐敏說，於是又回醫院。等她回去醫院時，傷口嚴重潰爛化膿，雖然又多住了幾天，但當她搭機回國時，還虛弱得必須坐著輪椅出海關呢！

【讀物篇】

楊佩佩說：「減肥是為了讓自己穿衣服好看。」因此會很熱中去打聽各種方法。打從第一次看到田希仁出書談減肥經驗，楊佩佩立刻出去買回來，並且照著

方法做。這些年，舉凡減肥的書籍，她都有興趣，所以各種方法也都嘗試過，每次也或多或少有些成效。她的心得是：「減肥不難，持續很難！」

【健康飲食】

這個方法，是我最贊成她做的。她已持續一年，雖說減肥成果不大，不過對身體健康卻頗見功效。這大半年來，她不只氣色變好，人也因為容光煥發，更顯年輕。

這方法是好友張叔平教她的，據悉，張叔平的一班香港明星朋友，也都嘗試這樣的方法。那就是，每天早上七點到九點之間，必須起床吃一碗白飯、一條蕃薯、兩種生的蔬菜、一樣水果。習慣夜生活的明星，如何能起這麼大早來吃早餐？據了解，很多人是由家裡傭人準備好，端進房間，迷迷糊糊地吃完後，蒙頭繼續睡大覺。

當初楊佩佩告訴我，說是可以減肥。但我想，吃地瓜，而且一大早吃那麼多，怎麼減肥？原來，這種飲食，會促進腸胃蠕動，幫助排除宿便，初時的確見到體重下降的功效。不過，它最大效果不在減肥，而是讓身體機能更健康，也因此，楊佩佩樂此不疲。

對這種事，楊佩佩真的很有毅力，但可苦了幾次出外與她同房的我。因為，

馬景濤對楊佩佩「演藝圈最美麗的製作人」的讚美還真不是客套話呢！

她會帶個小電鍋同行，清晨六點就聽到她起床洗米煮飯、蒸地瓜，七、八點則傳來她咬蔬果「喀嚓」、「喀嚓」響脆的聲音。因為分量多，這一吃得吃上一個小時，而這一折騰，習慣晚起的我也別想睡了。

【瘦身中心】

最近，恬妞為香港「修身堂」瘦身中心所拍的廣告，強烈吸引了楊佩佩。因此，她趁著赴港洽公之便，走了一趟「修身堂」。這項減肥課程，需要搭配中、西醫，每個星期去兩次，問楊佩佩：「這樣一來，你豈不是要長期待在香港？」可她對此並不在意，並且已開始詢問「修身堂」附近，有沒有合適的商務旅館居住。她說：「我可以每個星期來一趟，每次待三天，頭尾兩天去做就好啦！」

有趣的是，楊佩佩這項減肥運動還沒開始，香港就傳出她要與「修身堂」合資在台灣開分店。其實，以楊佩佩如此熱中減肥，開一家減肥中心，倒是一個不錯的建議。

名符其實的藥罐子

我沒見過比楊佩佩更愛吃藥的人！

真的！我一點都沒誇張。多次在大陸採訪她拍戲，我總是跟她同房居住。而她的梳妝台上，或許有零星幾罐保養品，但是，其他琳瑯滿目，或瓶裝、或罐裝、或紙包、或真空藥袋裝置的，全都是藥。她不是有什麼病，那些藥品，全是所謂的補品、排毒藥品等等，看她從睜眼起床到晚上就寢，定餐、定時地認真吃藥，感覺很怪異。最多的一次，我看她左掏右拿，手掌上堆了滿滿近二十顆藥丸，她仰頭就著一大杯白開水，「咕嚕」一聲全吞了。這讓吞一顆頭痛藥丸都得喝上整杯水的我，簡直嘆為觀止。

問她那些藥有什麼功效，她說，有的保肝、有的補腎，有排毒的，也有養顏的。反正有病治病，無病強身，至少吃了安心。我說：「雖然各有功效，但你不怕一起吞食，藥效會強碰嗎？」她倒看得開，一句「沒問題！」就讓我住了口。

有一回在香港，她出去逛街後回來，攤開剛買的藥，突然叫道：「哎呀！店

楊佩佩隨身攜帶的藥品果然令人嘆為觀止。
（攝影／林美瑤）

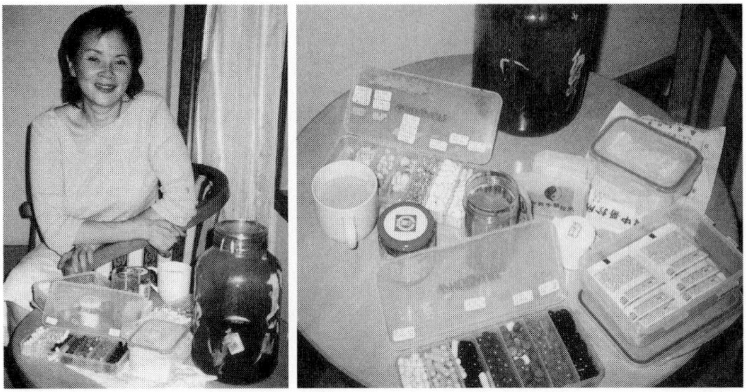

員拿錯了，我要的是補腎的藥，她拿了補腦的藥給我……算了！沒關係！我的腦子也不太好，就補腦吧！」你說，這是什麼跟什麼嘛！

《如來神掌》在昆明開拍，我跟她在香港會合，然後同班機一起前去。在香港那天，她忙著出去買手提的行李袋，最後花了幾萬塊錢，買了個ＬＶ結實的袋子。你猜，她急著買那名牌袋子，要用來裝什麼？答案是：裝香港友人幫她用金錢龜熬煮的兩大罐類似龜苓膏的排毒藥品。那兩大罐，不誇張，少說二十幾公斤，若換成其他品牌的袋子，把手一定會因為太沉而斷裂。

液態罐裝的東西，當然無法託運。而當時我又因為腰部受傷，無法提重物，她壓根兒不敢叫我幫忙。就這樣，她用手臂穿過提袋，深吸一口氣，勾起提袋、歪著身子，快速奔一段路，然後放下休

息。勾勾停停，提到臉紅脖子粗地在偌大的香港機場、昆明機場內奔走。我笑她：「毒還沒排，你的肌肉已經先拉傷了！」她則累得沒力氣跟我鬥嘴。

對於愛吃藥，楊佩佩坦承是一種毛病。但她自我分析的理由，讓身為朋友的我，感到唏噓不已。她說：「我相信輪迴，所以我不怕死。可是，我害怕生病，害怕生病時，身邊需要人。我從成長的父母，到長大後的伴侶，都不能依賴。從高中離家後，幾乎每個年節，我都是一個人過。我很能享受寂寞，也早早練就不需要人作陪，在台北的日子，我常常一整個星期不出門，也從不主動找朋友。但是，這樣孤立自主的過生活，大前提是我得健康，所以我只要聽說什麼藥對身體有益，我就會去嘗試。」

美貌的迷思

楊佩佩近幾年開始會重視一下打扮，但在甫進電視圈的前幾年，卻相當害怕人家說她長得好看，因為，在她的邏輯裡，別人說她好看，間接在說她沒有能

力、是花瓶——尤其她最害怕被人歸類為「波大無腦」型。

事實上，根據當年我的了解，許多電視人的確對她存有很深的誤解，總認為她是靠著外貌，才能順利地一檔戲接著一檔戲拍。中國人很吝於誇讚別人，即便她當初是因為外貌所佔的便宜，得以有機會進入這一行，但是，如果她沒有實力、做得不好，又如何在現實的電視圈生存？當初領她進電視的李聖文，就經常灌輸她危機意識，告訴她只要自己做不好，立刻會遭到淘汰。這些年，她一直很感謝李聖文，感謝他在製作這一條路上給她的指點，更感謝當年他給她的壓力，讓她拚了命的要求自己把戲做好。

正因為有美貌的迷思，她越來越不重視打扮，越來越邋遢。深色寬鬆的西裝褲、大大的西裝外套，是她最常見的中性穿著。也因此，曾有一段時間，不熟悉她的香港朋友，還曾懷疑過她的性向呢！

其實，愛美是女人天性，更何況是從小就被誇為美女的楊佩佩。記得有一次，某周刊約了拍攝她的古董家具。她心想，攝影記者來家裡拍照，必定會拍到主人，由於她長期不打扮自己，所以壓根兒不會化妝，因此特地找了化妝師幫她化了淡妝，期望能在鏡頭上好看些。怎料，那周刊記者到家裡拍了半天照片，居

因為不希望別人注意她的外貌，有段時間楊佩佩（中）常以較中性打扮出現。圖為《新絕代雙驕》拍攝現場與楊盼盼（右）合影。

然真的只拍家具，根本沒讓女主人上鏡。

記者離去後，她到台視找我，然後我們在台視旁邊的「珍蜜」咖啡屋，吃了簡單的晚餐。餐後，她期期艾艾地說：「我們等一下去哪裡？我今天好不容易化了個妝，這樣回家不是太可惜了嗎？」我一聽，差點沒噴飯。她就像個捨不得脫下漂亮衣服的小女孩，哪是叱吒電視圈的女強人？只是，我還得回報社上班，陪不了她。她那美麗的彩妝，只得回去跟古董家具相輝映囉！

結語

打從決定把楊佩佩的故事編寫成書，我就在「寫」、「不要寫」之間，跟她展開一場無止盡的拉鋸戰。如今，書稿已付梓，她還是不死心，時時來一句：「不要出版啦！人家會以為我想幹嘛？會被笑話啦！」

很多事，她像白老鼠般勇於嘗試，但也有很多時候，她選擇做鴕鳥，總以為把頭給埋在沙裡，就什麼事也沒發生。

我從採訪社會新聞轉戰影劇新聞的時間，恰與楊佩佩當上八點檔連續劇製作人的時間相仿。近二十年公私兩便相處下來，我對她的了解，足夠豐富這本書，也因此，一直有出版單位希望我把楊佩佩的故事訴諸文字，但我堅持只做新聞工作，不為所動。直到「印刻」的積極洽邀，我也覺得該以新聞記者的角色，為廣大電視觀眾揭開這位「最美麗的女製作人」的神祕面紗，更該以朋友的身分，為楊佩佩留個紀念。這才逼迫自己，埋首完成這個超長篇的「專題報導」。

還記得一九九四年楊佩佩拍《倚天屠龍記》時，我給她在中國時報影劇版

上，做了一個七天的連載報導。很怕看有關自己新聞的楊佩佩，面對這個涉及私人成長與情感的連載，雖然接獲各方朋友告訴她「很感人」、「很精采」的觀後感，她還是不敢看。有一天，她去丁乃竺家，丁乃竺告訴她：「那個報導寫得很好，你的照片也很好看！」她趁丁乃竺進廚房，悄悄翻開報紙，雙手迅速壓住文字部分，偷偷欣賞自己的照片，然後滿足地合起報紙。自始至終，她沒看過文章內容。

衝著她這毛病，此番寫書，我是卯足勁兒爆她的料；她對事業的用心與成就，大家有目共睹，但她與藝人精采的交手過程、異於常人的思維邏輯，以及令人噴飯的爆笑事蹟，更是不勝枚舉。佩佩，我當你不會看，假如看了，朋友一場，請多海涵。

附錄

楊佩佩製作年表

一九八三年　中視《一加一不等於二》潘迎紫、寇世勳主演。

一九八四年　台視《笑傲江湖》劉雪華、梁家仁、應采靈主演。

一九八五年　台視《楓葉盟》莫少聰、米雪主演。

一九八六年　台視《火鳳凰》莫少聰主演。

一九八六年　台視《電燈泡》劉雪華、夏玲玲、夏雨主演。

一九八六年　台視《新絕代雙驕》黃香蓮、楊盼盼主演。

一九八七年　台視《搭錯線》夏玲玲主演。

一九八七年　台視《還君明珠》劉松仁、蘇明明、堂娜主演。（入圍一九八九年金鐘獎最佳連續劇。）

一九八八年　台視《台北康米地》陶大偉、劉嘉芬、李立群主演。

一九八八年　台視《八月桂花香》

劉松仁、蘇明明、米雪主演。（入圍一九八九年金鐘獎最佳連續劇等多項獎項，榮獲最佳導播、最佳美術指導、最佳攝影獎。）

一九九〇年　台視《春去春又回》

劉松仁、夏文汐、馬景濤主演。（入圍一九九〇年金鐘獎最佳連續劇等多項獎項，榮獲最佳連續劇、最佳燈光技術獎。）

一九九〇年　台視《末代兒女情》

劉松仁、藍潔瑛、馬景濤、張玉嬿主演。（入圍一九九一年金鐘獎最佳連續劇、男演員、女演員等多項獎項，榮獲最佳剪輯、燈光技術獎。）

一九九一年　台視《江湖再見》

劉松仁、關詠荷、李立群主演。

一九九一年　台視《碧海情天》
劉松仁、葉童、沈孟生、李立群主演。（榮獲一九九三年金鐘獎最佳美術指導、最佳剪輯技術獎。）

一九九二年　台視《末代皇孫》
黃日華、周海媚主演。（榮獲一九九四年金鐘獎最佳美術指導獎。）

一九九三年　台視《英雄少年》
謝祖武、藍心湄主演。

一九九四年　台視《倚天屠龍記》
馬景濤、葉童、周海媚主演。（榮獲一九九五年金鐘獎最佳音效、最佳美術指導獎。）

一九九四年　台視《俠義見青天》

劉松仁、葉童、恬妞、萬梓良主演。

一九九五年　台視《今生今世》

馬景濤、周海媚、陳紅主演。

（入圍一九九六年金鐘獎最佳連續劇、燈光技術等獎項。）

一九九六年　台視《新龍門客棧》

馬景濤、陳紅、夏文汐主演。

（榮獲一九九六年金鐘獎最佳導播、最佳音效、最佳美術指導等獎項。）

一九九七年　民視《儂本多情》

劉嘉玲、馬景濤、劉雪華、李立群主演。

（入圍一九九八年金鐘獎最佳連續劇、最佳攝影、最佳男配角、最佳燈光技術等獎項。）

一九九七年　民視《江山美人》

張玉嬿、元彪、崔浩然主演。

一九九八年　台視《神鵰俠侶》
任賢齊、吳倩蓮、夏文汐、孫興主演。
（榮獲一九九八年金鐘獎最佳音效獎。）

一九九八年　中視《女巡按》
孫翠鳳、陳道明、陳寶國、
張鐵林、翁虹主演。

一九九九年　中視《花木蘭》
袁詠儀、趙文卓、孫興、焦恩俊主演。
（提名二〇〇〇年金鐘獎最佳連續劇。）

一九九九年　中視《笑傲江湖》
任賢齊、袁詠儀、陳德容、
劉雪華、李立群主演。

（入圍二〇〇〇年金鐘獎最佳連續劇、最佳導播、最佳男配角、最佳攝影、最佳燈光、最佳剪輯、最佳音效等獎項。）

二〇〇一年　中視《青蛇與白蛇》

張玉嬿、范文芳、焦恩俊、李銘順主演。

二〇〇二年　中視《官場插班生》

張智霖、袁詠儀、楊童舒、陳龍、李立群、顧寶明主演。

二〇〇二年　中視《如來神掌》

張智霖、朱茵、孫興、劉雪華、李銘順、陳龍主演。

文·學·叢·書

劃撥帳號：19000691　成陽出版股份有限公司　掛號另加20元
本書目所列定價如與版權頁有異，以各書版權頁定價為準

1.	吹薩克斯風的革命者	楊　照著	260元
2.	魔術時刻	蘇偉貞著	220元
3.	尋找上海	王安憶著	220元
4.	蟬	林懷民著	220元
5.	鳥人一族	張國立著	200元
6.	蘑菇七種	張　煒著	240元
7.	鞍與筆的影子	張承志著	280元
8.	悠悠家園	韓・黃皙暎著／陳寧寧譯	450元
9.	想我眷村的兄弟們	朱天心著	220元
10.	古都	朱天心著	240元
11.	藤纏樹	藍博洲著	460元
12.	龔鵬程四十自述	龔鵬程著	300元
13.	魚和牠的自行車	陳丹燕著	220元
14.	椿哥	平　路著	150元
15.	何日君再來	平　路著	240元
16.	唐諾推理小說導讀選 I	唐　諾著	240元
17.	唐諾推理小說導讀選 II	唐　諾著	260元
18.	我的N種生活	葛紅兵著	240元
19.	普世戀歌	宋澤萊著	260元
20.	紐約眼	劉大任著	260元
21.	小說家的13堂課	王安憶著	280元
22.	憂鬱的田園	曹文軒著	200元
23.	王考	童偉格著	200元

楊　照　作品集

1.	為了詩	200元

成英姝　作品集

1.	恐怖偶像劇	220元
2.	魔術奇花	240元

champion

1.	求職總冠軍	潘恆旭著	200元
2.	肥豬變帥哥	阿　尼著	180元
3.	春去春又回——楊佩佩的戲劇人生	林美璱著	180元
4.	打電動玩英文	朱學恆著	220元

POINT

1.	海洋遊俠——台灣尾的鯨豚	廖鴻基著	240元
2.	追巴黎的女人	蔡淑玲著	200元
3.	52個星期天	黃明堅著	220元
4.	娶太太，還是韓國人為好！?	篠原　令著	200元

People

1.	總裁業務員	黃志明著	260元

春去春又回

作　　者　林美璱
發 行 人　張書銘
總 策 畫　潘恆旭
責任編輯　黃筱威
內頁設計　張盛權
美術編輯　張薰方
校　　對　黃筱威　林美璱
出　　版　**INK**印刻出版有限公司
台北縣中和市中正路800號13樓之3
電話：02-22281626
傳真：02-22281598
e-mail：ink.book@msa.hinet.net
法律顧問　漢全國際法律事務所
林春金律師
總 經 銷　成陽出版股份有限公司
訂購電話：02-26688242
訂購傳真：02-26688743
郵政劃撥　19000691　成陽出版股份有限公司
印　　刷　海王印刷事業股份有限公司
出版日期　2002年12月　初版
2002年12月16日　初版二刷
定　　價　180元
ISBN 986-7810-17-1

國家圖書館出版品預行編目資料

春去春又回／林美璱著.－－初版，
－－臺北縣中和市：INK印刻，
2002〔民91〕面；　公分

ISBN　986-7810-17-1(平裝)
1.楊佩佩－傳記

782.886　　91021325